Fritz-Peter Linden
Et jit net jerannt

Vom Autor bisher bei KBV erschienen:

Jacques Berndorf - von der Eifel aus betrachtet

Zum Autor

Der soziale Abstieg von Fritz-Peter Linden, geboren 1962 in Prüm und aufgewachsen im unbescholtenen und wundervollen Stadtkyller Elternhaus, begann spätestens mit dem Entschluss, nach dem Abitur Lehramt zu studieren – Englisch und Kunsterziehung für die gymnasiale Oberstufe. Nach dem Zweiten Staatsexamen ging es weiter bergab: Er unterrichtete mehrere Jahre lang in Aachen, ließ sich nebenher in den Journalismus treiben – und verbaute sich damit sämtliche Chancen auf einen ehrenhaften und in beruhigendem Wohlstand resultierenden Broterwerb. Heute fristet er sein Dasein als Lohnschreiber, -zeichner und -fotograf für den Trierischen Volksfreund (hauptsächlich), für die Kölnische Rundschau, für Verlage und Agenturen. Im Frühjahr 2011 ließ er sich außerdem dazu hinreißen, ein Buch über den Krimiautor Jacques Berndorf zu verfassen (erschienen bei KBV). Nach wie vor wundert er sich, warum ihn seine Frau geheiratet und deren Söhne ihn adoptiert haben. Dabei gehen sie sogar so weit, ihm gelegentlich ihre eigenen Kinder zu überlassen, damit er an ihnen seine stiefgroßväterliche Zuneigung abreagieren kann.

Fritz-Peter Linden

Et jit net jerannt

Gesammelte Eifel-Einsichten

Mit Zeichnungen und weiteren Zugaben

KBV

1. Auflage November 2011
2. Auflage Januar 2012

www.kbv-verlag.de
E-Mail: info@kbv-verlag.de
Telefon: 0 65 93 - 998 96-0
Fax: 0 65 93 - 998 96-20
Umschlagillustration: Fritz-Peter Linden
Druck: Aalexx Buchproduktion GmbH, Großburgwedel
Printed in Germany
ISBN 978-3-942446-33-4

Für Brigitte

Irgendwas mit Eifel

Das war natürlich alles nicht so geplant. Jedenfalls nicht von mir: Im Frühjahr 2010 hatte Lars Ross, Reporterchef für Eifel und Mosel beim Trierischen Volksfreund, zum Gespräch nach Bitburg gerufen. Der Anlass: die Seite »Meine Eifel«, die von Mai an jeden Samstag am Ende des Lokalteils erscheinen sollte.

Die Seite würde sich mit Geschichten aus der Gegend befassen und schöne Lesestoffe fürs Wochenende bieten – mit Menschen zum Beispiel, die ein altes Eifelhaus aufgemöbelt hatten oder andere interessante Dinge taten.

Besprochen, beschlossen, wir waren mit dem Wesentlichen durch. *Dajöhh*, dachte ich, ab nach Hause. Und dann sagte der Chef: »Ach so, was wir natürlich auch noch brauchen, ist eine Kolumne.« »Mach ich, klar!«, rief – keiner von uns. Stattdessen schauten wir einander an und überlegten, wie wir das denn auch noch hinbekommen sollten.

Es ist nämlich so: Kolumnen können zwar eine schöne Sache sein, aber irgendeiner muss sie auch schreiben. Es gibt Weltklassekolumnisten, die das täglich, wöchentlich oder in unregelmäßigen Abständen machen und bei denen man sich immer wieder fragt: Wie kriegen die das nur hin? Meine Helden heißen Harry Rowohlt, Hans Zippert, Max Goldt und Harald Martenstein. Die kriegen es hin. Und wie.

Aber das sind die Großen, wir können da nicht dran tippen. Jedenfalls ich nicht. Zudem ist unsereiner schon froh, wenn er die tägliche Arbeit sauber hinbekommt, wenn er nichts Wichtiges vergessen hat und am Ende dann der Text unfallfrei in die Zeitung kommt, ohne dass ihn kurz vor dem Druck ein gutmeinender Kollege im Produktionsstress versehentlich vermurkst hat, beim Kürzen der entscheidende Satz rausgeflogen ist oder mitten im Wort aufhö

Außerdem hatten wir ja bereits jede Menge Kolumnen im Volksfreund – den Eifelpitter, die »Mensch-« und die Fernsehkolumne, an der ich ebenfalls gelegentlich mitschreibe, und noch einige mehr.

Und dann noch eine für die Eifel?

Klar, sagte der Chef. Und die sollte sich irgendwie mit eifeltypischen Themen befassen. Und das natürlich möglichst unterhaltsam tun, damit man nicht beim Lesen über dem Samstagmorgenkaffee direkt wieder einpennt.

Was mich dazu veranlasste, meiner Herkunft und Sozialisation treu, erst einmal ordentlich rumzumaulen und abzuwehren. Aber Chef ist Chef, Beschluss Beschluss. Wir dachten also nach und einigten uns schließlich darauf, dass sich die wöchentlichen Geschichten mit der Weltsicht des Eifelers (den es natürlich nicht gibt) befassen sollten – und ich schlug vor, dass darin die Sprache, in der er sein Denken ausdrückt, eine Rolle spielen könnte, weil sie so schön ist und so klar und wahr. Und vor allem: komisch.

Die Kollegen fanden's gut. Und ich hatte sogar schon eine Idee für die Startkolumne – eine Geschichte, die ich selbst vor ein paar Jahren erlebt hatte und die mir für unser Vorhaben genau richtig schien. Eine von den Geschichten, für die man in der Zeitung sonst keinen Platz hat: die mit den zwei Damen im Gasthaus.

Ein paar Wochen lang dachten wir über einen Titel nach, bis Lars Ross durchgab: Das Ding wird »Eifel-Einsichten« heißen (und erst einmal von dem Kollegen geschrieben, der mit »Einsicht« die meisten Probleme hat).

So kam es dann. Mit einer einzigen Idee ging es los – und mit dem Motto, das ich zu Hause gelernt habe: Erstmal einen

Anfang machen. *Der Rest kütt bim Verbotze* – Der Rest ergibt sich beim Verputzen. Und trotz größter Zweifel (jede Woche? Wie soll das nur gut gehen? Wir haben doch schon alle genug zu tun!) beruhigte ich mich mit dem Gedanken, dass ja die anderen ebenfalls Kolumnen beisteuern würden, brachte das Ding zu Ende – und baute in wirklich letzter Sekunde noch schnell den Schlusssatz ein:

Et jit net jerannt.

Et jit net jerannt – sinngemäß: Bloß nicht rennen, rasen, überstürzt agieren. Und immer schön aufpassen. Typisch für den stets ums Wohl seiner Lieben besorgten Eifeler. Den Satz hatten wir schon öfter in der Zeitung verwendet, zuerst in einem Artikel, den ich gemeinsam mit Roland Grün im Jahr 2001 geschrieben hatte. Damals befassten wir uns in einer Serie mit der Frage »Was ist ein Eifeler?«, und damals entstand auch die Zeichnung, die wir in diesem Buch noch einmal abdrucken: die mit dem Ur-Eifeler, der bereits vor tausenden Jahren seinem Nachwuchs hinterhergrunzt, er möge »nicht rennen«.

Und damit war's geschehen. Die Kolumne blieb bei mir, erstaunlicherweise fiel mir nämlich noch eine Zweite ein. Und sogar eine Dritte. Wie ich dabei feststellte, war die Sache aus mehreren Gründen einfacher als erwartet (nicht dass sie sich jede Woche von selbst erledigen würde – von wegen). Wahrscheinlich, weil man als Alleinverantwortlicher ständig damit beschäftigt ist, viel mehr jedenfalls, als wenn man nur sporadisch zum Einsatz kommt. Und dann will man auch, dass es nicht bei einem gelungenen Anfang bleibt, sondern vernünftig (in unserem Fall natürlich: unvernünftig!) weitergeht.

Gleichzeitig begannen die Leser zu reagieren, was einen weiteren Ansporn bedeutete. Unsere kleine Wochenpost entwickelte sich nämlich – absolut unerwartet – zu einem ihrer

Favoriten. Ich erinnere mich an viele Artikel, bei denen wir dachten: Mensch, die Nummer wird Wellen schlagen. Starke Geschichte, guter Text, ein wichtiges Thema, das wird krachen. Und was kam? Nichts: gedruckt, verpufft, vergessen.

Anders bei unserer völlig nebensächlichen Kolumne, die nur einen einzigen Anspruch hat: Sie soll den Lesern morgens ein bisschen Spaß bereiten. Mehr nicht. Naja, vielleicht doch: Sie soll ihnen zeigen, dass wir hier gar nicht so doof und deppenhaft sind, wie andere – und, so mein Verdacht, manchmal auch wir selbst – vielleicht denken. Und noch eine kleine Anmerkung zu Zweck und Ziel: Viele glauben, bei den rund 70 wöchentlichen Zeilen handele es sich um eine Mundart-Kolumne. Stimmt nicht. Davon gibt es schon genug, manches ist mir viel zu betulich, nostalgisch und bräsig. Wenn schon, dann geht es hier weniger um Mund- als um Denk-Art. Es geht, im Idealfall, um eine gute, kleine Geschichte, in der sich Denken und Fühlen der Eingeborenen konzentriert ausdrücken. Gerne im Dialekt, aber nicht gezwungenermaßen. Und vor allem geht es nicht um ein verklärendes »Früherwarallesbesser«. Besser war es nämlich früher nicht.

Genug doziert. Wenige Wochen nach dem Start jedenfalls kam man irgendwo hin, traf auf Bekannte oder Fremde – und hörte plötzlich: Et jit net jerannt. So ging das weiter, an vielen Ecken und Enden der an Ecken und Enden reichen Eifel. Und nicht nur das: Allmählich begannen die ersten Leser, jung, alt und irgendwo dazwischen, mich mit Ideen und Anregungen zu versorgen. Wunderbar – und ein Umstand, der wesentlich dazu beigetragen hat, dass wir es bislang auf genug »Eifel-Einsichten« gebracht haben, um sie zu diesem Buch zusammenzupacken. Ein großer und von Herzen kommender Dank also an alle Volksfreund-Leser, die dabei mitmachen. Es ist mir eine Freude.

Und Ihnen hoffentlich auch. Für dieses Buch – Achtung, Kaufanreiz! – haben wir noch ein paar Extras mit hineingetan, die Ihnen vielleicht ebenfalls Spaß machen.

Viel Vergnügen also. Und, klar: Et jit net jerannt.

Fritz-Peter Linden,
Los Angeles, im Oktober 2011 (nein, Quatsch!)

Dank

Allen Lesern, die jede Woche Spaß an der Kolumne haben, die mich schriftlich, am Telefon oder im Gespräch irgendwo in der Eifel mit Ideen versorgt haben (und das weiterhin tun). An Reporterchef Lars Ross und an Damian Schwickerath, den stellvertretenden Chefredakteur des Trierischen Volksfreunds, der mir einiges durchgehen lässt – und mir manche Schneise durch das dichte Sprachgehölz der Südeifel geschlagen hat. Und an meine Frau Brigitte. Für ... ach, das wäre ein ganzes Buch für sich.

Fertigmachen zur Abreise

Hingehört und was gelernt dabei: Es war vor ein paar Jahren in einem Prümer Gasthaus. Ich saß bei einem Kaffee und einer Zeitung, als sich zwei Damen, schon im gesetzteren Alter, dem Nebentisch näherten und sich dort niederließen. Beim unauffälligen Hinüberlauschen wurde ich dann gewahr, dass sie offenbar gerade von einer Beerdigung kamen.

Jetzt saßen sie da, warteten auf die Bedienung und schauten einander an. »Jaja«, sagte die eine dann. »Su as dat im Lääwe.« Kurze Pause. Aha, dachte ich. Wie wird's denn wohl sein im Leben? Ich spitzte also noch mehr die Ohren. Und dann kam's: Kaum sei man nämlich eingetroffen, sagte die Dame, »do mooß mer sisch alt weer parat maache fier affzeriese.«*

Zack. Schöner ist meiner Meinung nach das Leben in all seiner unverschämten Kürze bislang noch nicht zusammengefasst worden: Kaum angekommen, schwupp, muss man sich auch schon wieder für die Abreise fertig- beziehungsweise paratmachen. So schnell nämlich geht das. Und so schön hatte es die Dame gesagt.

Diese Kolumne, liebe Leser, soll sich ein bisschen Zeit nehmen für all die Dinge, die zwischen Ankunft und Abreise so passieren. Mit dem Leben – und mit der wunderbaren Weise, in der die Eifeler es in ihrer ganz eigenen und eigenwilligen Sprache auf den Punkt bringen. Anregungen von Ihnen nehmen wir selbstverständlich gern entgegen. Ein kluger Spruch, eine weise Einsicht – sofern sie in korrektem Eifeldeutsch formuliert sind, werden wir uns damit befassen.

Also: Bis zum nächsten Mal – und zur nächsten Weisheit aus der Eifel! Bis dahin passen Sie gut auf sich auf, wie früher immer so ein Fernsehpfarrer sagte. Auch das können die Eifeler natürlich besser: Et jit net jerannt!

Die Geschichten, die in den Kolumnen erzählt werden, sind nicht erfunden. Sie sind auch nicht geschönt oder »zugespitzt«. Weil das gar nicht nötig war.

Das Eifeler Toleranzedikt

Vorige Woche waren ja an der Mosel die sogenannten zweiten Kueser Gespräche, und da haben, im Sinne des Universalgelehrten und Kirchenreformers Cusanus, reihenweise kluge Menschen schlaue Dinge gesagt zu Themen wie Dialogfähigkeit und Toleranz und dass wir alle dazu verpflichtet seien, jeden zu akzeptieren, der anders sei und anders glaube.

Schon gut, alles richtig, wusste aber mein Nachbar Erich schon immer. Wie er letztens wieder unter Beweis stellte, als er bei einer abendlichen Diskussionsrunde (den »mindestens 279. Stadtkyller Gesprächen«) irgendwann den entscheidenden Satz tat.

Es war nämlich auch bei uns darum gegangen, dass wir eben nicht alle gleich seien, sondern jeder irgendwie ein bisschen anders, und dass das ja in der Regel auch nichts Schlimmes sei (außer vielleicht bei Leuten, die keine Stubbis mögen, das ist natürlich verwerflich).

Erich, wie so mancher Eifeler zum weltweisen Gelehrten gereift, hat aufgrund seiner Erfahrung für praktisch jede Lebenslage eine substanzielle Sentenz parat. Zum Beispiel jene zum Thema Hausbau, bezogen unter anderem auf Türmchen oder Fenster, die sich alle angehenden Bauherren sofort und vor allem vorm Bestellen des Architekten hinter die Ohren schreiben sollten: »Wo dat Runde hinkommt, kost' et viereckich Geld.« An diesem Abend sagte er das, was ich seither als das Eifeler Toleranzedikt bezeichne und deshalb unbedingt weitergegeben werden muss: »Tja. Den eenen jeeht jeer in de Fröhmöss, den anneren isst jeer Blootwooscht.«

Da fällt mir dann auch nichts mehr zu ein, weil: Da ist ja schon alles drin. Schöne Grüße also, bis zum nächsten Mal. Et jit net jerannt!

Hinterm Wort geht alles besser

Zurzeit funktioniert es ja an vielen Stellen wieder einmal nicht. Schauen Sie sich den ruppigen Disput über die zukünftige Verkehrsgestaltung in Prüm an: Da haben etliche Groß- und Kleinhirsche bereits wieder die Geweihe ineinander verhakt und zanken sich nur noch um das leidige Thema Kreisverkehr, ja oder nein.

Wie kriegt man das wieder heil? Indem man sich ganz einfach auf eine weitere sehr praktische Eifeler Einsicht besinnt. Denn in Prüm – und bei vielen ähnlichen Diskussionen in anderen Städten und Gemeinden – greift der Satz, den ich in etlichen Gesprächsrunden immer wieder gehört habe: »Mer mooß och alt ens hönner sih Wort jonn.« Jetzt nochmal auf Hochdeutsch: Man müsse, sagt der Eifeler, eben gelegentlich auch einmal »hinter sein Wort gehen«.

Vorsicht: Das hat überhaupt nichts damit zu tun, dass man inkonsequent sein soll oder nicht zu seinen Überzeugungen stehen. Oder dass man sich heute nicht mehr an das erinnern will, was man gestern noch steif und fest behauptet hat. Nein, viel cleverer: Der Eifeler benutzt diese wunderbare Wendung (und ich frage mich, ob und, wenn ja, warum es die nur in der Eifel gibt) nämlich immer dann, wenn er eingesehen hat, dass man mit Sturheit nicht weiterkommt und ein Problem so nicht gelöst werden kann.

Da geht er dann klugerweise »hinter sein Wort«. Und wenn sein Gegenüber dann auch noch ein bisschen mithilft und von seiner Position ein wenig abrückt, dann bekommt man das hin. Oder, wie mein Nachbar Josef erklärt: »Wenn de gesacht hast, et geht nur so – und es dann aber eben so nicht geht, dann brauchste nen Kompromiss. Und dann musste eben auch mal hinter dein Wort gehen.«

Feine Sache, oder? Gibt's nur hier. Bis zum nächsten Mal. Et jit net jerannt!

Der Letzte nach dem Letzten

Der Eifeler ist ein Meister darin, dem Alkohol abzuschwören. In der Regel morgens. Ahnungslose versuchen gelegentlich, einen Kater mit dem sogenannten Konterbier zu bekämpfen. Das aber, so haben Fachstudien (Selbstversuch) ergeben, klappt nicht.

Die Abstinenz beginnt meist am Vorabend, direkt an der Theke. Dabei ist oft ein hinreißendes rhetorisches und verhaltenstechnisches Wechselspiel zu beobachten, das Sprachwissenschaftlern wie Soziologen tiefe Einsichten liefern würde, sofern sie sich zu Feldstudien an einen Eifeler Tresen trauen würden.

Den Auftakt macht einer mit dem Satz: »So, ich bin jetzt weg.« Dabei benutzt der Eifeler die rhetorische Figur der »Antiphrasis«. Auf Deutsch: Das ist noch nicht so gemeint. Es soll lediglich andeuten, dass es in mittelbarer Zukunft eventuell zu ersten Vorüberlegungen bezüglich eines hypothetischen Heimgehens kommen könne. Jetzt aber noch nicht. Die Runde antwortet dann, das ist ein in Beton gegossenes Gesetz, unisono mit dem Ausruf (»Exclamatio«): »Einen noch!« Woraufhin der angeblich Heimwollende sich ein bisschen zu wehren vorgibt, dann aber mit, je nach Herkunft, »dajöh, dajeh« oder ähnlichen Äußerungen einlenkt. Denn: »Den Letzten hammer immer noch jetrunken!«

Ein unschlagbares Argument, das noch mehrfach zur Anwendung kommt, bis der Erste verkündet: »So, jetzt bin ich aber *wirklich* weg!« Antwort: »Nä, komm, dann trinken wer jetzt noch den Allerletzten, und dann ist Schluss.«

Daraus wird dann noch ein paarmal der »wirklich Aller-Allerletzte«. Das finale Getränk gibt es aber erst, wenn einer sagt: »Ich kann nimmieh.« Dann heißt es: »So, dann mach uns mal den Letzten. Für *heut*!« Ab nach Hause! Et jit net jerannt!

Diese Kolumne entwickelte sich zu einem besonderen Favoriten der Leser – und nicht zuletzt bei einigen Eifeler Gastronomen: Wie ich aus Bilddokumenten und eigener Anschauung weiß, hängt sie mittlerweile in mehreren Schankräumen zwischen Meckel und Stadtkyll. Darauf bin ich stolz wie Oskar. Danke und Prost.

Der Eifeler sieht fern

Schüen, scheng, sching, schong, schung – das ist kein Kindervers aus dem Reich der Mitte. Das sind, binnenregional diversifiziert, die Attribute, mit denen der Eifeler einen gelungenen Fernsehabend bilanziert. »Schön« also. Noch schöner, wenn der Einheimische sich zu differenzierteren Urteilen angesichts dargebotener Leistungen hinreißen lässt. Tritt zum Beispiel bei, sagen wir, einem Sängerwettbewerb ein Künstler auf, der sich auch körperlich schwer ins Zeug legt, heißt es gern: »Den eloh bemöht sich noch ärresch ...«

In der Eifel nämlich schätzt man es, wenn sich jemand Mühe macht (anders als im verqueren Deutsch von Arbeitszeugnissen, da bedeutet »bemühte sich«: »kann nix«). Noch besser, wenn sich einer dabei auch noch »Geschick antut« – was aber oft zur unmöglichen Aufgabe wird. Denn: »Tu dir mal was Geschick an dabei« bekommen meist die zu hören, die hoffnungslos mit einer (gerne feinhandwerklichen) Aufgabe überfordert sind (ich). Bemüht sich jemand allerdings in übertriebener Weise, kann das schnell ins Gegenteil umschlagen. Meine Oma pflegte dann aus dem Sessel heraus zu grummeln: »Den zerrießt sech noch et Hemm.«

Den schönsten Satz tat jedoch vor vielen Jahren eine andere, mir in guter Erinnerung gebliebene alte Dame: Wir schauten zusammen einen Spielfilm. Nach einiger Zeit des Halb-Hinschauens hob sie den Finger, zeigte auf einen Darsteller und sagte: »Den eloh kennen ich. Den hatt letztens och in dem anneren Fillem matjehollef ...«

Schauspieler, die »mithelfen« – schöner kann man doch so manchem Groß-Ego nicht die Luft rauslassen! Also: Geben

Sie sich Mühe, helfen Sie mit und tun Sie sich ein bisschen Geschick an!

Et jit net jerannt!

Nä, watt is dat fies!

Sehr unangenehm, wenn man am Ende eines wichtigen Gesprächs, bei dem man unbedingt einen guten Eindruck hinterlassen wollte (möglicher Arbeitgeber, der Chef, die heimlich Angebetete oder gar die heimlich angebetete Chefin), feststellen muss, dass einem die ganze Zeit etwas aus der Nase guckte oder gar hing, und zwar: *en Mömmes* (Eifel-Süd-Variante: *Bockes*).

Für fiese Dinge das treffende Wort finden, das kann der Eifeler hervorragend. Zum Beispiel auch für das, was vor dem Trocknen, als Prä-Mömmes also, aus dem Zinken fließt: *Schnuddel*. Kommen noch Essensreste dazu, vermischen sich die Elemente zu einem Zustand, den man wiederum *Knusel, Knies, Knömmel* oder auch *Knoschel* nennt: Sammelbegriffe für allerlei Unfeines, das man so im Gesicht kleben hat, wenn man nicht aufpasst oder grundsätzlich eher »en Knuselijen« ist. So jemand hat dann gern auch mal großflächige Unreinheiten aufzuweisen, die nennt man *Plaaken*.

Knusel, Knömmel, Roomel und anderen Schmuddel findet der Eifeler, sofern er sich mutig zu Ferien in der Ferne entschließt, auch mit messerscharfem Blick in fremden Hotelzimmern, goutiert mit dem Ausruf: »Basses näh!« Klebt der Knusel wiederum an ihm selbst und in der Kleidung – dann hat sich der Eifeler *behaamelt*, was ihm gern beim Essen passiert.

Knoschel gibt es übrigens auch als Verb –»knöschelen/knoschelen/knuschelen« also. Dann zeigt sich seine noch weiter verbreitete Bedeutung: Es steht für ungeschicktes Hantieren. Sollte Ihnen diese Kolumne also nicht gefallen, dann hab ich sie wohl wieder mal zu schnell zusammenjeknoschelt.

Beim nächsten Mal tu ich mir mehr Geschick an. Et jit net jerannt!

Ganz klar:

en Knuselijen, vielleicht sogar ein *fieser Möpp*. Wenn da noch *en Mömmes* aus der Nase hinge, man würde sich nicht wundern.

Lob, Kritik und Leckereien

Der Eifelmensch zeichnet sich durch eine aristokratische Zurückhaltung aus – die übrigens manchem gut zu Gesicht stünde, der sich für etwas Vornehmeres hält. Motto: Erst mal gucken. Das gilt bei Kritik genauso wie beim Lob. Spontane Begeisterung? Nix da. Erst einmal schaut er sich die Sache eine Zeitlang an, dann entwickelt er, zunächst ganz im Stillen, ein erstes vorläufiges Verdikt.

Bevor er aber seine Einschätzung preisgibt, sind noch einige Sicherungen eingebaut. Das gilt vor allem in der Beurteilung von Menschen. Verhält sich jemand in ungewohnter, vielleicht sogar kritikwürdiger Weise, äußern sich Zweifel an Integrität und Zurechnungsfähigkeit der observierten Person in der Frage: »Wem bös dou dann?« In anderen Zonen auch: »Wem bas oder bos dou dann?«

Steht man dabei zu mehreren zusammen, wird die Frage, kopfneigend, in der dritten Person gestellt: »Wem ös/as denn dann?« Also etwa: Zu wem gehört der denn? Womit dann gleich auch die stets hochwichtige Klärung der Herkunft und des familiären Umfelds eingeleitet wäre.

Damit wird es der Betreffende schwerhaben, sich in den, sagen wir, erweiterten Sympathiebereich des Einheimischen vorzuarbeiten. Sollte das Subjekt es trotzdem schaffen, wird es vermutlich heißen, das sei, wenn man alles bedenke, »keenen Verkiehrten«, immerhin.

Bezieht sich hingegen das Lob auf die berufliche Leistungsfähigkeit und gutes Benehmen, sagt man: »Den kann mer schicken.« So ähnlich ist es auch beim Essen. Grundsätzlich gilt: »Watt der Bouer net kennt, dat frisst en net.« (Lokale Ergänzung: Frisst die Tüte und schmeißt die Kamellen weg).

Ist das Menü aber sogar richtig gut, dann heißt es, fast schon überschwänglich: »Mer kaan et ääße.« Guten Appetit – et jit net jerannt!

Et jit jetz jedankt!

Letztens traf ich einen prominenten Wahlberliner aus Arzfeld – nennen wir ihn Patrick S. – bei einem offiziellen Termin. Wie begrüßte mich der jüngst auch karrieretechnisch hochaufgeschossene Mann? Lachend. Und mit dem Ruf: »Et jit net jerannt!«

Patrick S. (danke!) ist nicht allein. Eine Jugendfreundin (sie will ihren Namen nicht in der Zeitung lesen, wir haben uns daher auf Tiffany-Chantal Schmitz geeinigt) teilt mit, dass »Et jit net jerannt« bei ihr daheim zur Standardverabschiedung geworden sei. Danke!

Leserin Gudrun schreibt, sie schicke die Kolumne durch halb Deutschland und beendet ihren schönen Brief mit – eben. Dabei stammt sie gar nicht aus der Eifel. Umso schöner! Danke!

Patrick, Tiffany-Chantal und Gudrun sind drei von noch viel mehr Lesern, die mich seit dem Start unserer kleinen Heimatkolumne darauf angesprochen haben, eine Reihe von ihnen haben mich mit Tipps versorgt – danke nach Auw, Heckhuscheid, Neuerburg, Prüm, Stadtkyll, Üxheim, Waxweiler und in noch ein paar andere Orte!

Das ist klasse. Oder, wie wir sagen: En doll Dönge! Und: Das muss so weitergehen! Denn als ich mich auf brutalsten Druck der Kollegen zu dieser Kolumne breitschlagen ließ, dachte ich: Majuhsebetter (zu deutsch: Himmel! Bzw. die Kontraktion von »Maria, Josef, Peter«). Wie soll man das denn hinkriegen? Eine, zwei, drei – das ja, aber jede Woche? Näää ...

Es bleibt spannend, noch weiß ich nicht, ob es hinhaut. Deshalb: Bleiben Sie dabei. Rufen Sie mich an, quatschen Sie mich an, mailen Sie mich an, damit wir das zusammen hinbekommen! Und wenn ich was Falsches schreibe – her mit den Korrekturen, das gibt schon wieder eine neue Kolumne.

Danke. Und: Et jit net jerannt!

Anmerkung:
Bei Patrick S. handelt es sich um den 2,02 Meter großen ehemaligen Bürgermeister der Verbandsgemeinde Arzfeld: Patrick Schnieder (CDU), den die Eifeler im September 2009 in den Bundestag gewählt haben.

Ein großer Eifeler:
Patrick Schnieder, 2,02 Meter.

Kleine Sprachgeschenke von der großen Nation

Heut rühmen wir mal den Franzos'*
Den sind wir zwar längst wieder los
Und doch – in vielen Eifelgassen
hört man, was er uns hiergelassen:

Schlägst du im Suff aufs Trottoir
Weil's in der Kulang rutschig war
Dann ist der Kamesol perdü
Hinüber auch der Paraplü

Die Kaross'rie ist malträtiert
Auch die Visage: derangiert
Und statt Pläsier hast du Malesse
Statt Amüsemang regiert Tristesse

Dann ist die Schähselong dein Ziel
Doch auch das Plümo hilft nicht viel
Es ist Finis mit verlustieren
Das Weib will nicht mit dir poussieren

Nichts ist kommod, nichts ist leger
Aus der Lameng klappt gar nichts mehr
Du hast Kadangs vorm nächsten Morgen
Nur Firlefanz, Schenanz und Sorgen!

Auch das, pardon, ist nicht sehr nett:
Der Doktor kommt mit dem Billet

Er steht dir lächelnd vis à vis
Du denkst: Das macht der par exküh!

So kujonierst du dich zwei Tage
kommst peu à peu aus deiner Lage
Und resümierst, was da geschehn:
Zum Glück hat's kein Gendarm gesehn!

Jetzt komm ich couragiert zum Schluss
Weil ich partout noch sagen muss:
Auch dies Malheur hättst du gebannt
Wärst du am Abend net jerannt!

[*] Die erste Zeile, obwohl spontan erdacht, ist eine Hommage an den rühmenswerten Schriftsteller Ror Wolf und dessen Gedicht »Der Vater spricht von dem Franzos'«.

Bitte kaufen Sie sich alle seine Bücher. Ich zitiere noch einmal die letzten Zeilen seines WM-Gedichts von 1974 aus seinem Fußballbuch mit dem Titel »Das nächste Spiel ist immer das schwerste«, erhältlich als Fischer Taschenbuch:

Am Ende dann mit wehenden Gewändern
die Fischer-Chöre. Das ist nicht zu ändern.

Dummheit und Intellijenz

Die schönsten Sätze fallen mitten aus dem Gespräch heraus, frisch entdeckt und selbst erfunden – ohne, dass einer auf eine bekannte Standardweisheit zurückgreift.

So ging es mir mit Klaus. Den Satz, den er mir gegenüber aussprach, habe ich vor Jahren schon einmal erwähnt, aber er hat mich damit so an die Wand genagelt, dass ich ihn hier nochmal unterbringen muss. Ich habe mir den hinter die Ohren geschrieben: Als Bescheidenheits-Mahnung für die Momente, in denen man sich für was Besonderes hält (kommt ja zum Glück, ha, praktisch nie vor).

Dazu muss man ein bisschen über Klaus wissen: Den Mann habe ich immer verehrt. Der kannte keine Angst, machte jeden rund, der ihm dumm kam – und vor allem hat er die Welt gesehen. Als Seemann! Auf großer Fahrt! In allen Häfen gewesen! Und jetzt auch noch, ein ewiger Traumberuf, Privatier!*

Wir stehen also eines Tages wieder zusammen, erzählen – und irgendwann beginnt er mich zu bestrunzen. Ich sei ja schließlich viel schlauer als er, »en Studierten« eben, er habe das immer klasse gefunden. Woraufhin ich widerspreche und ihm darlege, dass ein akademischer Abschluss nicht das Geringste mit Hirn zu tun habe – ich sei dafür das ernüchterndste Beispiel. Stattdessen gestehe ich ihm meinen Respekt und die Faszination, die er als weltgereister Fahrensmann auf mich schon immer ausgeübt habe und dass ich von seinen Erzählungen nie genug bekommen könne. Und dass er doch erheblich mehr hinbekommen habe als ich. Klaus stutzt, blickt mir in die Augen und sagt dann mit seiner tiefen, rauen Seemannsstimme: »Stimmt ... ich komm mit meiner Dummheit weiter als du mit deiner Intellijenz!«

Wie wahr. Bis nächste Woche, et jit net jerannt!

Nach Veröffentlichung dieser Kolumne rief mich Klaus an, um klarzustellen, dass er kein Privatier sei. »Wat hasste denn da widder jeschrieben! Privatier, dat wär schön! Ich krich die Rente, Junge!«

Die Metaphorik des Mampfens

Ich hatte Ihnen ja von Tiffany-Chantal Schmitz erzählt, die in Wirklichkeit natürlich ein Eifeler Mädchen mit einem schön vernünftigen Namen ist, wie sich das gehört. Jedenfalls erinnert sich Tiffany-Chantal (Mensch Hanne, muss ich das wirklich durchhalten mit dem Quatschnamen? Wie? Na gut.) an ein Familientreffen in ihrer Kindheit, bei dem üppig aufgetischt worden sei. Besonders die Jugend habe sich die Aufforderung »Nou holt esch un ääßt« zu Herzen genommen und brav reingehauen.

Einschub für Eifelfremde beziehungsweise »Frömme«: Zurückhaltung beim Essen ist gefährlich. Schlimmstenfalls keimt der Verdacht: Dem schmeckt das nicht, was wir hier unter selbstlosem Verbrauch sämtlicher Ressourcen in stunden-, ach was, tagelanger Arbeit geplant, vorbereitet und aufgefahren haben. Der ist etepetete, also verschnuppt!

Meistens aber sorgt man sich nur ums Wohlbefinden des spatzenhaft futternden Gasts, der ja vielleicht nur auf seine Linie achten will. Schlank? Krank! Deshalb bekommt ein Kind immer noch zu hören, es solle tüchtig essen, »damit was aus ihm wird«.

Manchmal wird dann zu viel draus: Vor vielen (vielen!) Jahren erhielt ich einmal folgendes vergiftetes Kompliment von einer freundlichen Dame: »Mensch, Sie sehen richtig gut aus! Sie haben ordentlich zugenommen!« Ich fing sofort an zu hungern.

Zurück zu, Han... äh, Tiffany-Chantals Geschichte: Während man also wie befohlen kräftig mümmelte, habe eine der

Tanten eines der Kinder mit diesem Kommentar bedacht: »Dou bos äwer och joot ze Fuß denn Hals eraav!«

Irres Bild: Den Hals runter gut zu Fuß sein. Merk ich mir.

Et jit net jerannt!

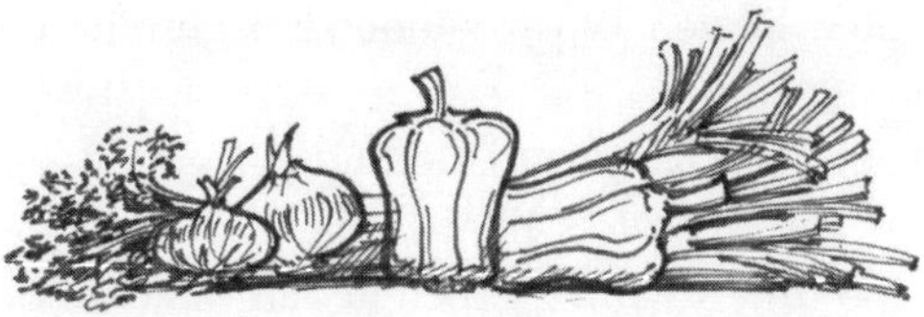

Menschen ohne Heimat

Ich muss kurz ... schnief ... wo ist denn mein Taschentuch? Moment ... So, geht wieder. Zur Sache: Ich erlaube mir heute, persönlich zu werden. Und sentimental. Denn: Wir haben unser externes Wohnzimmer verloren. Und nicht nur wir. Seit dem letzten Wochenende sind Hunderte von uns quasi heimatlos.

Ein Stück Eifeler Kultur existiert nicht mehr: Das Gasthaus »em Lade« im Oberen Kylltal ist verkauft. Die Besitzer – Heidi, Maria und Roland – gehen in den Ruhestand. Unfassbar. Wie sagte unsere knapp über 40-jährige Freundin Doris? »Man hat eigentlich gedacht, hier würde man seinen Achtzigsten feiern. Und Roland würde kochen.« Aber, ach: Am Sonntag war Sense – wir haben bei den Dreien den wirklich Letzten (siehe auch: »Der Letzte nach dem Letzten«) getrunken. Und zwar für immer.

Unglaubliche Szenen spielten sich ab. Menschen, die einander sonst höchstens mit einem knappen Augenbrauenhochziehen grüßen, hielten sich ergriffen aneinander fest. Ultracoole Typen und stahlharte Kerle wankten, auf ihre Frauen gestützt, in die Eifeler Nacht hinaus, weinend.

Einige der gastronomisch nun Unbehausten äußerten lallend den Gedanken, »jetzt endlich mal en vernünfttijen Vertriebenenverband« zu gründen. Was hatten wir dort immer einen Spaß. Und was haben wir da für Sprüche gehört.

Natürlich fällt mir jetzt gerade kein einziger ein. Außer dem Wort für das, was wir dort immer zuverlässig fanden – für Geborgenheit, Nähe, Zufriedenheit und vieles mehr, das einem das Herz erwärmt: Jehöschnis. So war es. Und jetzt ist's vorbei.

Nochmal Taschentuch. Et jit ... schneuz! ... net jerannt!

Reichtum und die Folgen

Der unermesslich reiche Aldi-Mann ist gestorben. Das bringt uns zum Thema Wohlstand: Der nötigt dem Eifeler Respekt ab. Zumindest, wenn der Betroffene dafür unermüdlich »geschafft« und »gepracktl« hat. Und wenn er um die wirklich wichtigen Dinge weiß. Denn was nützen die Millionen, »wenn de net kacken kanns«.

Man muss aber die Moppen auch beisammenhalten. Anders gesagt: Die, die was haben, das wusste meine Schwiegermama so schön zu sagen – »die hann et net vom Fortjenn«.

Da schwingt natürlich die Kritik schon leise mit. Denn wer nur »schrappt« und überhaupt nicht gerne (fort-) gibt, ist je nach regionaler Ausprägung ein Knaschtsack, ein Kniesböggel, ein Knaschtbeggel (oder auch -biggel).

Und wenn er es noch so »breit stehen« hat in Feld und Flur, er ist unten durch. Zumindest, bis er die nächste Runde schmeißt. Die wird dankend genommen. Vielleicht bessert er sich ja, da hilft man gern.

Noch vor dem Geiz kommt aber die Gier: Deshalb bleibt der Einheimische misstrauisch, wenn ihm das Blaue vom Himmel versprochen wird bei einem irgendwie zu gut klingenden Angebot. Denn er weiß: »Die wollen all nömmen oos Jeld!«

Wer wiederum »Jeld« hat, der darf sich so einiges erlauben, da ist der Eifeler häufig viel zu duldsam. »Huffartischkeet«, also Dünkel und Hochnäsigkeit, lässt er aber nicht durchgehen. Und hat da auch den richtigen Spruch für: »Wenn Dreck Möst jit, well e jefahre jenn ...«

Auch dabei also dran denken: Et jit net jerannt, sonst fliegt der Mist in alle Ecken.

Weltwissen aus Kerschenbach

Die folgende Geschichte zeigt, dass emanzipatorisch in unserer Gegend stellenweise noch gewisse Brachen zu bearbeiten sind. Aber die tapferen (und allerhand von den Herren der Schöpfung gewohnten) Eifeler Frauen haben einen, der sie versteht: Walter Schneider, den Ortsbürgermeister von Kerschenbach.

Den haben wir schon öfter zitiert. Etwa, als es darum ging, die neuen Glocken der Dorfkapelle zu feiern. Während der Festvorbereitung sagte der OB, ganz der Pragmatiker: »Wenn ich genug Parkplätze hätt', würd' ich hier noch die Jungfrau Maria erscheinen lassen.«

Wer die Kerschenbacher kennt, der weiß: Die hätten das hinbekommen. Und es wäre kein Wunder gewesen.

Zurück zum Thema: Es geschah an einem Badesee in der Region. Die Schneiders hatten sich mit einer Truppe von Bekannten ufernah platziert, als sie erlebten, wie eine weitere Familie ankam: Mann und Frau, zwei Kinder, alle schwer bepackt.

Der Gatte schmiss sofort alles von sich und verschwand, nur das Badevergnügen im Sinn, in Richtung Wasser. Zack, platsch, weg. Die Frau, zurückgelassen, hatte alle Hände voll zu tun mit dem Nachwuchs, der alle Ermahnungen zur Vorsicht in den Wind schlug und ständig stiften ging. Stress!

Unser Mann aus Kerschenbach wandte sich in einem ruhigeren Moment der verzweifelten Dame zu und verwickelte sie ganz nonchalant in ein Gespräch. Und sagte zu ihr schließlich mitfühlend den frauenverstehenden Satz, der die Situation auf den Punkt brachte: »Hooptsaach, der Mann ös zefridde.« Tja. Kennen Sie das auch? Ich frag nur. Bis nächste Woche. Et jit net jerannt.

Als ich Walter Schneider um sein Einverständnis zu seinem Auftritt in der Kolumne bat, schrieb er in unnachahmlicher Knappheit zurück: »OK, wenn es sein muss.« Musste natürlich sein.

Kurz darauf gab er noch eine Internet-Adresse durch. Auf ihrer Website haben die Kerschenbacher nämlich eine Liste mit Dialektwörtern untergebracht, an deren Vervollständigung sich jeder Sprachkundige beteiligen darf. Nachzulesen unter: http://www.kerschenbach.de/83/HISTORIE/Mundart.html.

Dort findet man außerdem ein Dokument von Karl-Heinz Held mit Stadtkyller Wörtern sowie, auch sehr schön, alle Kerschenbacher Flurnamen mit so hinreißenden Bezeichnungen wie »am Böschelche«, »Meisterlandsbenden«, »Müllich Suer« oder, ganz große klasse, »Zungenseifen«. Da leckt man sich doch die Finger.

Stöllepen und Tooperten

Was gibt es Schöneres, als sich über andere aufzuregen, wenn man dafür die richtigen Wörter hat? Die Eifeler haben ein paar besonders gute:

Ein »Frau-« oder »Fraamensch« (Mehrzahl: Fraulöck/Fraalegg) zum Beispiel, das sich besonders dämlich verhält, ist, da man sich ihren Kopf als leeres Behältnis vorzustellen hat, »en Döppen« oder »Deppen« (Topf).

Oder natürlich: »en Stöllep«. Vor allem, wenn Arroganz hinzukommt. Das Wort stammt vom »Stolpern« ab. Passiert ja gern, wenn man »zwei linker Füß« hat oder infolge Hochmuts hinsegelt.

Kommt zur Stöllepenhaftigkeit der Trulla auch noch ein eher zäh operierender Geist hinzu, lautet das Urteil: »Trööt«.

Die männliche Variante einer ungeschickten Person ist der »Toopert«, im Süden der »Toppert« oder »Dappes«, der tapsig talpernde Tollpatsch. Auf Eiflerisch klingt das eben noch einen Dreh unbeholfener. Feine Sache. Geht auch als Verb – wenn einer was versemmelt hat, sagt man: »Do hässte äwwer joot jetoopt!«

Tuppes geht auch, in den nördlichen Zonen der Region spricht man auch vom Tünnes (oder dem läppischen Tüütenüggel), weil dort der kölsche Einfluss wirkt.

Zweigeschlechtlich verwendbar ist der rein Eifeler Begriff für jemanden, der gar nicht zu ertragen ist, weil er oder sie immer nur beleidigt schmollt und mault und auch sonst eine dauerpampige Haltung demonstriert – mit langem, offenen »o« auszusprechen: »Dat is ja vielleicht en *Booz*!«

Bis dann, et jit net jeboozt un net jerannt!

Die Schuld! Die Schuld!!!

Leser, ich habe Schuld auf mich geladen: Vorige Woche behauptete ich übermütig, »joot jetoopt« bedeute, dass man etwas versiebt habe.

Schon kriegte ich von meinem Bürgermeister einen verzwirbelt. Zu Recht, denn: »Joot jetoopt« (von: »toopen«, sich unbeholfen anstellen), das bedeutet natürlich im Gegenteil, dass man eine Sache eben doch hinbekommen hat, wenn auch irgendwie tastend und ausprobierend – ohne Ahnung, aber mit Glück.

Und wenn ich schon beim Korrigieren bin: Letztens, bei »Majuhsebetter«, bot ich nur eine Erklärung an. Das heiße »Maria, Josef, Peter.« Wahrscheinlicher aber bedeutet es (der Hinweis kam von einem verdeckt ermittelnden Prümer Sprachpolizisten): Maria und Josef, betet! Und zwar für uns, die wir uns schuldig gemacht haben.

Schuldig: Schon sind wir wieder beim Geld. Hat nämlich der Eifeler sich welches geliehen, einen Kredit aufgenommen, also Schulden gemacht, dann lastet das schwer auf seinem Gewissen. Diese Büßerhaltung ist seiner tiefkatholischen Grundierung ge-, äh, -schuldet.

Der Rest der Welt schwatzt lässig von »Verbindlichkeiten«. Der Eifeler aber benutzt dafür ein gravierenderes Wort. Nämlich: »Die Schuld!« (immer mit Ausrufezeichen) Bei mir sitzt das auch tief drin. Symptom: Angststarre am Geldautomaten. Jedesmal frage ich mich schuldbewusst zitternd: Gibt der mir noch was? Und wenn dann der Satz »Der Vorgang wird bearbeitet« erscheint, halluziniere ich stattdessen immer: »Der Vorgang wird ... *bestraft*!«

So, Feierabend, bevor ich mich zu sehr des Toopens schuldig mache. Pardon noch mal und: Et jit net jerannt!

Mein Bürgermeister: Harald Schmitz bzw., wie es richtig heißt, Schmitzharald. Jugendbild.

Hennelo, Häänelo, Heddelo und Haddelo

Den ös knatschverröckt.« »Wen?« »Hennelo!«
Die sprachliche Musikalität des Eifelers zeigt sich darin, dass er ein Wort einfach verlängert, wenn es ihm an Schwung und Melodie fehlt. Beispiel: »Elo« – mit Betonung hinten, auf dem offen ausgesprochenen »o«. Wie in »daddelo« –»das da«.

»Hennelo« (im Eifelsüden: Häänelo) heißt soviel wie »der/er da« und wird brav durchdekliniert. Beispiel: »Hennelo un heddelo (süd: haddelo) wooren möt himelo bi dennenelo.« Also: Er da und sie da waren mit ihm da bei denen da. (»Elo« kann auch für einen nicht näher definierten Zeitpunkt stehen. Im Luxemburgischen heißt es: jetzt, sofort). Herrlich, wie das singt und schwingt.

Kommt das auch aus dem Französischen? Ich würde es gern behaupten, denn »da« oder »dort« heißt im Nachbarland »là«, manchmal auch »alors«. Dass daraus dann »elo« wurde, ist doch denkbar.

Und zusätzlich das wundervolle Eifeler »laar«, also dorthin oder dort entlang. Aus unserem Dorf ist dazu eine Anekdote überliefert: Sie zeigt zugleich, wie schön das klingt, wenn ein Eifeler beim Versuch Hochdeutsch zu sprechen alles miteinander vermengt – wie jene Frau, die einmal einem Ortsfremden erklärte, wohin er fahren müsse.

Nämlich: »Laar erauf und dann immer schnackeaus.« Das bringt uns zu einem weiteren echt Eifeler Begriff: »schnack«. »Henneloh, dat ös en schnacken Hannes!« Schnack heißt total, direkt, geradeaus. Und dass der Eifeler kein durchtriebener Hannes, sondern ein geradeaus denkender und handelnder Mensch ist, muss ich nicht betonen. Wäre schnack unnötig.

Et jit net jeranntelo!

Hennelo – en schnacken Hannes

Heddelo – vielleicht ja »en Stöllep«

Jenuss, Jewalt und Verzicht

Der Eifeler denkt strikt in Notwendigkeiten. Deshalb ist ihm alles zutiefst verdächtig, was rein dem Vergnügen dient, dazu demnächst mehr an dieser Stelle.

So fällt der Verzicht ihm meistens leicht, zumal die streng asketische Haltung nicht zuletzt auch noch den gewünscht rechtschaffenen Eindruck bei den Zeit- und Dorfgenossen hinterlässt.

Dennoch kann auch er bei den allernotwendigsten Grundnahrungsmitteln schlecht nein sagen (siehe »Der Letzte nach dem Letzten«). Dabei wiederum erweist er sich schon seit Jahrhunderten als Verfechter des mittlerweile schwer in Mode gekommenen Konzepts der Nachhaltigkeit und ökologischen Korrektheit. Denn er konsumiert am liebsten Produkte, die vor seiner Haustür gebraut und gebrannt werden: kurze Wege, reines Gewissen.

Als außerordentlich höflicher Mensch will er aber auch dabei niemanden düpieren. Wird ihm zum Beispiel festes oder flüssiges Naschwerk angeboten, dann ziert er sich form- und anstandshalber ein wenig und lenkt erst nach mehrfachem Ermuntern des Gastgebers ein, gerne ergänzt durch den einschränkenden Imperativ: »Äwwer nömmen für der Jeschmack!«, also ausschließlich zu Studienzwecken.

Die Art und Weise, wie er sich dabei nach schwerem inneren Hader am Ende dann doch immer wieder zum »Ja« durchringt, ist wiederum vorbildlich. So auch bei jener Frau aus meiner Heimat, die nach dem ersten Glas, das natürlich nur »dem Jeschmack« geschuldet war, auch den zweiten angebotenen Schnaps mit folgenden Worten akzeptierte: »Ech mooß mer de Jewalt aandoon – äwwer schütt mer noch eene!«

Et jit net jerannt!

Das Unterste und das Oberste

Madonna und ihr Jesus (diese Namen!). Til Schweiger und, äh, Dings, der hat ja wieder was Neues. Ob das noch besteht, wenn dieser Text zu Ende ist – keine Ahnung. Und dann die Kachelmannsache, bei der man sich fragt: Was ist denn da bloß los?

Die hat was mit dem, der hat was mit der, und jener hat was mit jenem. Oder jener. Oder jenen. Oder aber auch schon nicht mehr. Weiß man nicht. Geht uns ja auch nichts an.

Andererseits: Hier, der Dingens, unten aus dem Dorf, der ist doch jetzt mit der ... ja, genau, die war doch so gut verheiratet mit dem ... was, die?!? Echt? Ja, und die ist dem doch *fortgelaufen*. Weil der ja zwischendurch was hatte mit ... egal: Riesengedöns.

Hier gilt der Satz von Wilhelm Busch: »Man sieht, dass es Spektakel gibt, wenn man sich durcheinander liebt.« Damit wir uns richtig verstehen: Wer ohne Sünde ist, der werfe den ersten Stein. Falls die Tugendhaftigkeit aber nur auf Mangel an Gelegenheit beruht, werfen wir den sofort zurück. Wir wollen auch nicht urteilen.

Allerdings sagte bei solchen libidogesteuerten Geschichten meine coole, selige Oma immer einen Satz, den man sich ja mal merken kann. Für den Fall, dass wieder einmal jemand kurz davor steht, sich in Kalamitäten zu stürzen: »Wenn dat önnischt dat ööwischt üwerdömpelt, kaanste alles verjesse.«

Also: Obenrum kühl bleiben, wenn's untenrum knistert. Et jit net jerannt!

Die Tierische Volksfront
Teil I

Letztens machte der Eifelpanther Schlagzeilen. Und der ist nicht das einzige geheimnisvolle Tier, das durch unsere Sprache streift. Redet zum Beispiel der Bauer vom Bulldog, dann meint er keinen auf Stiere abgerichteten Möpp, sondern das Liebste, was er neben seinen Subventionen hat: den Trecker. Der Ur-Bulldog war ein Schlepper der Firma Lanz und wurde irgendwann zum Oberbegriff für alle Traktoren.

Zu den Tieren, mit denen der Landmann seinen immer spärlicheren Unterhalt verdient, zählen die Bunnesse (Südeifel) und Mockesse (Nord), junge Rindviecher also.

Ein weiteres wundersames Wesen haust im schönen Neuerburg, wie der Kollege Christian Brunker berichtet, den das Schicksal bekanntlich nach Prüm verschlug: Das »Boomropdeer«. »Deer« ist englisch für Hirsch (Deer/Tier, merken Sie die Verwandtschaft?), führt aber hier auf die falsche Fährte: Es geht ums »Baumrauftier« – das Eichhörnchen, bzw: Kaveischertschen, wie man in einigen Dörfern des Südens sagt.

Wo wir gerade in Neuerburg sind: Dort hört man im Wald (Bösch/Besch) bisweilen das »Beschmopped« aufjaulen – die Motorsäge. Aber die ist ja kein Viech, sondern nur animalisch laut.

Zurück zur Eifler Sprachfauna: Der Taartebär ist eine Person, meist Frau, und zwar keine besonders helle. Ein Fuss, Fuchs, ist auch ein Mensch, mit roten Haaren. Ist ein solcher vom »Lämmes jebass«, vom Lammbock gebissen – dann ist er bekloppt. Eine Seckommes ist eine Ameise, weil diese Ommes (Emse) bei Gefahr ein scharfes Sekret ausscheidet, also »seckt«, seicht, pinkelt. Und die Mösch? Natürlich ein Spatz (was dachten Sie denn?!?).

Et jit net jerannt!

Schönheit ist (nicht) alles

Reden wir, Leser, von der Schönheit. Und der Liebe! Großes Thema! Da müssen die Weltdichter ran, um mir auszuhelfen. Bevor dann der kluge Eifeler die Sache auf den Punkt bringt, weil er weiß, was wirklich zählt. Aber nicht vorher unten gucken! Bitte sehr:

Das Leben ohne Liebe ist wie ein Baum ohne Blüten und Früchte. Die Liebe ohne Schönheit ist wie Blumen ohne Duft.
(Khalil Gibran)

Die Schönheit: jede milde hohe Übereinstimmung alles dessen, was unmittelbar, ohne Überlegen und Nachdenken zu erfordern, gefällt.
(Johann Wolfgang von Goethe)

Es gibt nichts Schöneres, als geliebt zu werden, geliebt um seiner selbst willen oder vielmehr trotz seiner selbst.
(Victor Hugo)

Alle, die in Schönheit gehn, werden in Schönheit auferstehn.
(Rainer Maria Rilke)

Könnte ich Deiner Augen Schönheit beschreiben und all Deine Grazie mit neuen Worten benennen, möchte die Nachwelt meinen: »dieser Poet lügt; so viel himmlischer Hauch hat niemals die Erde berührt.«
(William Shakespeare)

Schönheit ist die Form, in der der Geist
die Welt am liebsten erkennt.
(Ralph Waldo Emerson)

Die Wahrheit ist vorhanden für den Weisen, die Schönheit
für ein fühlend Herz.
(Friedrich Schiller)

Schönheit verjeht. Hektar bleibt Hektar.
(Weisheit des Eiflers)

Et jit net jerannt!

PS: Aus anderen Zonen stammt die Variante: »Schönheit vergeht, Hektar besteht.« Nur der Vollständigkeit halber. Reimt sich zwar, ist aber nicht so witzig.

Deutsch und wie es dazu kam

Heute melde ich mich vom Krankenlager. Musste mir im Hospital eine ... ach, ich erzähl's lieber nicht (sagen wir: Sitzen geht im Moment nicht so gut. Au!'). Im Liegen aber ist prima lesen. Und was ich las, das will ich allen empfehlen, die Spaß an der Sprache haben. Tut auch gar nicht weh!

Denn der Germanist Wolfgang Krischke schenkt uns mit »Was heißt hier Deutsch?« (C.H. Beck, 12,95 Euro) eine lebhafte und sehr unterhaltsame Biografie unserer Sprache. Und zeigt dabei, aus welchem Flickenteppich der »Gezünge« sich das entwickelt hat, was wir heute »Deutsch« nennen (das Wort stammt von »theodisk« – »in der Sprache des Volkes«).

Und in der Sprache des Volkes, das kennen wir ja von zu Hause, geht es gern deftig zu – wie im gleich zu Beginn geschilderten Dialog mit einem mittelalterlichen Vertreter unserer Frühsprache. Der nämlich endet mit einem Fluch: »Hundes ars in dine naso!« Wir lernen auch, dass die populäre Klage über den »Niedergang« des Deutschen eine olle Kamelle ist: Pedanten gab es schon immer. Genauso wie die Versuche, eine einheitliche und logische Rechtschreibung festzulegen.

Hat ja auch beim letzten Mal wieder nicht geklappt. Die Völker im Osten übrigens bezeichnen unsereinen seit dem Mittelalter als »nemcy« oder »niemcy« (oder so ähnlich). Das heißt so viel wie »stumm«. Warum? Weil die Germanen das Slawische nicht beherrschten.

Meine Vermutung: Wahrscheinlich sind die ein paar Eifelern begegnet.

Und die waren schon damals keine Schwaadlappen. Von denen aber nächste Woche wieder mehr, versprochen. Also,

Buch lesen! Ich leg mich jetzt wieder hin. Et jit net jerannt!

**Die Entstehung von Hämorrhoidalleiden wird übrigens unter anderem dadurch begünstigt, dass man zu lange lesend auf der Toilette hockt. Ich habe einmal bei einer solchen Sitzung den Roman »Die Untersuchung« von Stanislaw Lem zu Ende gelesen: 170 von 260 Seiten. So ein gutes Buch ist das.*

Wo die Pänz herkommen

Du dämlischer Panz elo!« Mit diesen vom Kleinkraft-Flöpp herabgebrüllten Worten bedachte mich vor, hüstel, gut 20 Jahren (ich war neun oder so) ein Zweiradfahrer, nachdem er an mir vorbeigekracht war.

Wessen hatte ich, blutjung und fern jeglicher Niedertracht (bis heute!) mich schuldig gemacht? Ich war mit dem Fahrrad vor ihm links abgebogen, dem heimatlichen Hof und dem Gehöschnis des Elternhauses zustrebend. Hatte auch brav den Arm rausgestreckt, um mein Manöver anzuzeigen. Dadurch aber den längst zum Überholen entschlossenen Mopedmann (Kreidler Florett) zu einem überstürzten Schlenker nach rechts gezwungen.

Jedenfalls wusste ich jetzt, was ich war: ein Panz. Sammelbegriff für Kinder in der Eifel und eines der wenigen Wörter, die (oder nicht?) von Nord bis Süd gleich klingen. Ursprünglich steht es für den Leib, genauer genommen den Magen oder das, was man sich vollschlägt: »Ech han de Panz wieh.«

Und da kommt's her: Der Franzose sagt »la panse« – Wanst, Bauch. Der Lateiner sagte »pantex«, was das gleiche bedeutet. Bauch also (oder Balg – da passt es, dass ein freches Kind auch schon mal »Ballesch« genannt wird).

Chef Schwickerath, ein knallharter Südeifeler, weist streng darauf hin, dass in seiner Heimat eine feine Unterscheidung gilt: bei Kindern wird »Panz« kurz, beim Bauch aber mit langer Silbe gesprochen. Oder, wie er darlegt: »De Pänz geprijelt un de Päänz vollgeschlonn.«

Würde ich dem Mopedheini heute begegnen, dann bekäme er natürlich die einzig richtige Antwort: Et jit net jerannt, du domm Souelo!

So geht Integration!

Achtung: In dieser Kolumne kommt das Wort »Neger« vor. Das ist zwar schwer unkorrekt, muss aber sein.

Weil mir das gefährliche Gezüngel zum Thema Integration derzeit so auf die Nerven geht. Weil ich jeck beziehungsweis gääkisch werde darüber, dass die Herren Sarrazin und Seehofer mit ihren Einlassungen zu Menschen aus »fremden« Kulturen so dermaßen zündeln, dass ich nur noch knaatschen könnt.

Ich habe nämlich, erstens, ein paar sehr sympathische, gute Bekannte mit orientalischem Migrationshintergrund, die besser deutsch – und Eifeler Dialekt – sprechen können als mancher, der sich für einen strammen Blutsgermanen hält. Und tüchtig arbeiten gehen sie auch.

Und mir fielen zweitens wieder Monty, Carlos, Fally und die anderen afrikanischen Asylbewerber ein, die in den Neunzigern bei uns im Dorf lebten. Und von allen gemocht wurden. Die Jungs gingen schaffen, spielten im Fußballverein – und sie mussten alle verschwinden, weil man ihren Antrag ablehnte.

Das regt nicht nur mich bis heute auf. Als sie aber noch da waren, spielte sich in der Vereinskneipe folgende Szene ab: Monty (außen so schwarz wie Seehofer innen) zur Wirtin, mit Blick auf einen weiteren Afrikaner: »Mach mal dem Neger da auch 'n Bier!«

Meine Mutter zu Monty: »Hör mal, Neger sagt man aber nicht ... und wenn, dann bist du doch selber einer!« Darauf kam die Antwort: »Nä, ich bin 'n Stadtkyller.« Kurz: Das waren wirklich Eifeler. Und dann hat man sie rausgeschmissen. Da könnt ich raderdoll werden.

Trotzdem: Et jit net jerannt.

Die weltbesten Ortsnamen

Heute mal was Literarisches: »Im Westen zogen Sturmwolken auf. Bedrohlich legte sich die Dämmerung aufs Land. Die ersten Regentropfen fielen auf die Windschutzscheibe, als wir die Außenbezirke von Los Angeles erreichten.«*

Solche Anfänge funktionieren immer. Aber ob das auch klappen würde, wenn man nicht »Los Angeles« schriebe, sondern stattdessen einen Eifelort einsetzte? Mal probieren: »Die ersten Regentropfen fielen auf die Windschutzscheibe, als wir die Außenbezirke von ... Faulenpuhl erreichten.«

Hm. Sagen wir: interessant. Neuer Versuch: »Ich verfolgte den Killer auf meiner Harley bis ... Heckhalenfeld?« Spielmannsholz? Hölzchen? Tja.

Egal: Ich finde trotzdem, dass die Eifel über die schönsten Ortsnamen der Welt verfügt, auch wenn sie sich nur bedingt für einen düsteren Thriller eignen (widerspreche ich gerade den Eifelkrimiautoren? Macht nix!). Aber schön, ja, das sind sie: Jucken. Mückeln. Gesotz. Köttelbach. Kötterichen. Udler. Schutz. Loogh. Sülm. Nohn. Preist. Scheid. Brecht.

Jawoll, alles toll: Heckhuscheid. Dauwelshausen. Keppeshausen. Kickeshausen. Scheitenkorb und Scheuern. Wollen Sie noch mehr? Gern: Orenhofen. Hisel. Irrhausen. Strickscheid.

Und es gibt natürlich noch viele mehr. Kommen wir zum Schluss:

»Im Westen zogen Sturmwolken auf. Die Sonne versank über Zweifelscheid, während die ersten Menschen in den Schluchten von Kruchten versuchten, sich fluchend unter ein paar Buchen zu wuchten. In der Ferne hörte ich einen Kauz rufen. Ich kannte seine Melodie. Es war das alte Lied, das mir nie wieder aus dem Kopf gehen würde: Et ... jit ... net ... jerannt!«

Anmerkung für Cineasten: Der erste Absatz in dieser Kolumne enthält eine Anspielung auf die Anfangsszene in »Lemmy Caution gegen Alpha 60« (1965) von Regisseur Jean-Luc Godard. Unfassbarer Film. In der Hauptrolle: der ebenfalls unfassbare Eddie Constantine.

Wenn der Läpp eraushängt

Letztens hab ich mir den Läpp verkaalt. Den Pips geholt. Mit – hatschihh! – einem Schnopp und zusätztlich auch noch Koppping (Schädelweh). Also: Erkältung. Gut sichtbar durch die schon vorher an der Lippe sitzende Bröötsch (Herpes-Plaaken). Vielleicht, weil ich »en Zuch gekricht« hab. Und wie die meisten Männer bin ich natürlich nicht rechtzeitig längs (oder korrekt: bei) den Doktor gegangen.

Läpp, Pips, Schnopp, Koppping – interessant, wie viele »Ps« der Eifeler da einbaut. In der Phonetik, also der Lehre von den Sprachlauten, werden diese Buchstaben »plosiva« genannt, weil beim Aussprechen der Luftstrom geblockt und dann plötzlich wieder rausgeschossen wird. Peng! Gesundheit!

Aber das nur am Rande. Der »Läpp«, der vermutlich vom »Lappen« kommt, ist ein ganz und gar nicht läppsches Wort, dafür benutzen wir es viel zu oft: Den Pips holen kann man sich zum Beispiel auch, wenn man den Läpp, also den Hemdzipfel, raushängen hat, ohne das zu merken. Wobei das ja heute Mode ist. Wenn man dabei aber nicht aufpasst, hat man schnell die falschen Leute »am Läpp hängen«.

Apropos Schnopp: Um der Erkältung vorzubeugen, wurden Kinder früher mit einem »Siele (Seelen-)wärmer« ausstaffiert – einem kratzigen Strickpullunder. Genau: das englische »to pull under« steht für Unterzieher. Dieses Leibchen trug man unterm Läpp.

Leibchen hin, Lappen her: Wer zuviel labert, der ist ein »Schwaadlappen«. Und bevor Sie mich einen solchen schelten oder gar zur Strafe schwaaden, halt ich lieber den Läpp. Et jit net jerannt!

Die linguistische Sättigungsbeilage

Fangen wir diese Kolumne mal mit einem schweren Wort an: linguistische Heterogenität.

Linguistik ist die Sprachwissenschaft, vom lateinischen »lingua«, Zunge, abgeleitet. Heterogen kommt aus dem Griechischen (hetero: anders; genos: Art, Geschlecht, Herkunft). Heißt also ungefähr: bunt gemischt und gemengt!

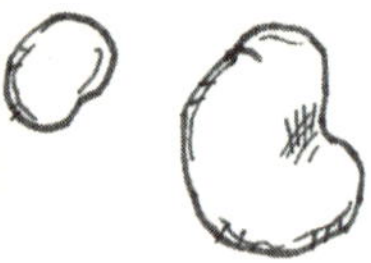

Und was wäre farbiger als die Sprache der Eifeler. Denn da unterscheiden sich die Wortvarianten schon von einer Flussbiegung zur nächsten, und es ist natürlich ein Manko unserer wöchentlichen Betrachtung, dass all die herrlichen Eifeler Zungenschläge hier gar nicht berücksichtigt werden können. Verzeihung!

Es gibt ein Wort, bei dem sich das mit den lokalen Unterschieden besonders gut verdeutlichen lässt – der Variantenreichtum ist dabei erstaunlich groß. Vor allem angesichts des Umstands, dass es sich um etwas so Einfaches und Bescheidenes handelt wie: die Kartoffel.

Was sagt dazu der Eifeler? Je nach Dorf, Straße oder Straßenseite: Kromper. Krumper. Grumper. Krumber. Krumbeer. Schromper. Schrumper. Jeromper (und lauscht man nach Norden, geht es schon bald mit den »Äädäppele«, den Erdäpfeln los).

Ob mehlig oder festkochend: Krumper, Jeromper und alle anderen kommen von der Grund-Birne oder Grund-Beere. Dass daraus all diese Varianten entstanden sind und gleichberechtigt nebeneinander verputzt werden sollten, ist eigentlich keine Frage. Trotzdem hörte ich vor vielen Jahren einmal einen sehr von sich überzeugten Herrn strunzen: »Mir saren dat rischtisch: Mir saren Schrompere!«

Tja. Ich ess trotzdem weiter ... Fritten. Oder Quellmänn, pardon: Päälkrumpern!

Langsam kauen, et jit net jerannt.

Der Eifeler entspannt

Vor Jahren kam ich mit Kindheitskumpel Walter den Hügel überm Heimatdorf runtergefahren. Vor uns pilotierte ein Nebenerwerbslandwirt* seinen Trecker, das beliebte Modell vom Typ IHC International (früher: McCormick. Die Roten, Sie wissen schon). Der Traktor raste mit gefühlt 120 Sachen Richtung Ortseingang, wir kamen kaum hinterher. Wieso war der so schnell?

»Der hat bestimmt den Sonnessen drin«, sagte Walter. Kennen Sie nicht? Der Sonnessen oder Sundessen, der Sonntagsgang – der Leerlauf. Den legt man auch im übertragenen Sinn ein: wenn man es richtig locker angehen lassen will.

Was der Eifeler ja selten tut, tüchtiger und umtriebiger Schaffer, der er nun mal ist. Und doch, bisweilen gönnt er sich immerhin zwischendurch eine regenerative Auszeit. Spätestens dann, wenn er so k. o. ist, dass er »op de Belleren« geht. Also auf dem Zahnfleisch herumschrappt.

Zum Beispiel am Wochenende oder in den Ferien. Hat der Eifeler frei, dann legt er sich ins Sönnchen und »stippt«, wie Alois Knörr, Stadtkyller Friseurmeister, einmal sagte, »die Rungen in de Luft«.

Die Rungen – also die, je nach Geschlecht, vier bis fünf Körper-Extremitäten. »Rungen«, das sind diese, äh, Stippen, die links und rechts am Anhänger oder Bahnwaggon hochstehen, wenn diese keine Seitenwände haben. Damit die Fracht nicht runterfällt.

So, genug erklärt. Heute ist Samstag. Da bleiben wir ein bisschen länger in den Federn. Denn, wie mir meine alte (junge!), aus Auw stammende Schulfreundin Margit berichtet: »Om Himmel kaan et net esu schüen sin wie morjens im Bett.«

Anweisung an alle: den Sonnessen rein und die Rungen hoch. Et jit net jerannt.

[*]Bei diesem Nebenerwerbslandwirt handelte es sich um den unvergessenen Erich Schmitz. Siehe auch »Das Eifeler Toleranzedikt« und »Hört mir auf mit Hallo«.

Alles gar nicht so schlimm

Menschen, die mit einem Dialekt aufwachsen, haben einen Vorteil: Zwar brauchen sie meist etwas länger, bis sie auch Hochdeutsch können (und der Akzent verschwindet nie), dafür aber sind sie dann quasi bilingual.* Das ist nichts Versautes, es bedeutet: zweisprachig.

So auch der Eifeler, der sein Idiom regelrecht als Geheimsprache nutzen kann, wenn er nicht will, dass fremde Lauscher etwas mitkriegen. »Da hab ich jetzt kein Wort verstanden« – wie oft habe ich das von Freunden aus fernen, hochdeutschen Städten gehört, wenn mal wieder zwischendurch ein paar Sätze auf Platt gesagt worden waren.

Umso erschütterter ist der Zuhörer aber, wenn er doch glaubt, etwas mitbekommen zu haben – das aber vollkommen falsch. Da können schlimme Verwechslungen passieren. Wenn zum Beispiel eine gestandene, brave, ordentliche und treu für die Familie sorgende katholische Eifelerin berichtet, dass sie letztens ge- oder jehuurt habe, dass ...

Holla! Oder, wie ein mir bekannter Eifeler zu sagen pflegt: »Ming Frau meent jehuurt zo hann...«. Frauen, die hu ... huch! Keine Sorge: Auch das ist nix Verdorbenes! Es heißt natürlich nichts anderes als: »hören« beziehungsweise »gehört«.

Aber es geht noch weiter – gerade, wo das Hören angesprochen ist. Denn wer etwas genau mitbekommen will, der spitzt die Ohren, der hört genau hin. Und wie heißt das in den nördlichen Sprachzonen der Eifel? »Lüstern.«

Dabei ist der Eifeler in Sachen Lüsternheit auch nicht anders als andere. Naja, ein bisschen. Dazu später mehr. Bis dahin: Ohren auf und durch – et jit net jerannt!

**Das* quasi *ist wichtig, denn Bilingualität bezieht sich auf die Fähigkeit, zwei unterschiedliche Sprachen zu beherrschen – zum Beispiel Deutsch/Englisch.*

Korrekt wäre hier der griechische Begriff Diglossie – die Fähigkeit, zwei Varianten einer Sprache zu beherrschen, in unserem Fall Hochdeutsch und Eifeler Dialekt. Eine andere Bezeichnung dafür ist »innere Zweisprachigkeit«.

Und dass es Dialektsprecher (die deshalb das herablassende Grinsen ignorieren sollten, das sie sich manchmal von rein hochdeutsch aufgewachsenen Flitzpiepen gefallen lassen müssen) leichter haben beim Sprachenlernen, ist längst erwiesen: Sie machen weniger Rechtschreibfehler, haben einen größeren Wortschatz und sind zugleich schneller mit einer Fremdsprache vertraut. Was würde der Eifeler dazu sagen? Dä!

Eifeler Zeitangaben

Während sich der Eifler ja generell als sehr verlässlicher, stets auf Genauigkeit bedachter Mensch erweist, so muss man bei seinen Zeitangaben aufpassen. Denn hier entwickelt er ein feingewirktes Begriffsgewebe, das sich durch nuancenreiche Unexaktheit auszeichnet.

Eine typische temporäre (Un-) Bestimmung lautet deshalb: »elo jäng.« Diese kluge und vor allem im Norden sehr gebräuchliche Wendung heißt soviel wie: irgendwie demnächst, mal gucken. Etwas genauer, aber auch nur ein bisschen, ist die Angabe: »Die Daach.« Für Eifelfremde: Das heißt nicht »dein Dach« oder gar »die Dach«, sondern in den kommenden, also diesen, Tagen, wahrscheinlicher aber Wochen.

Benutzt ein Einheimischer den Begriff »baal«, also »bald«, dann deutet das nicht immer auf ein in Kürze eintretendes Ereignis hin, auch wenn es sich so anhört. Es heißt: Fast, beinah. »Do woor et mir baal ze sier jange!«

Alles, was nicht jetzt erledigt werden muss, geschieht wiederum »en anner/aaner Kier«. Also ein anderes Mal, auch hier ist die entscheidende Aussage: Hauptsache nicht heute. Der Fachbegriff dafür heißt: Prokrastination, Aufschiebeverhalten. Da kriegt der Eifeler etwas entspannt Südländisches, das ihn glatt noch sympathischer macht als er ja ohnehin schon ist.

Nur mit der Nahrungsaufnahme – da nimmt er es dann doch genau. Eine seltene wirklich exakte Zeitangabe in der Eifel ist deshalb in folgendem Beispielsatz zu vernehmen: »Ech sin dann fier der Zopp demheem.«

Guten Appetit – und immer schön Teller leer machen. Bis die Tage, et jit net jerannt.

ICH MOOSS FIER D'R ZOPP NOCH AAN'T AANTERNET...

Linguistischer Selbsthass

Im Urlaub gewesen. Da, wo man unter anderem das Lokalblatt namens »The New York Times« kaufen kann. Und bei der Lektüre bin ich auf eine mir bislang unbekannte Krankheit gestoßen. Ihr Name: »Linguistic self-hatred«, linguistischer Selbsthass.

Den kriegt man, wenn man sich wegen seiner Sprache geniert. Echt, das haben Wissenschaftler bei vielen New Yorkern diagnostiziert. Schreibt die »Times« in ihrer Sonntagsausgabe vom 21. November. Und berichtet von etlichen Stadtbewohnern, die ihren Akzent loswerden wollen, weil sie sich tatsächlich dafür schämen.

Der Artikel stellt uns einige Menschen vor, die sich, Zitat, »stigmatisiert« sehen, ausgelacht, ausgegrenzt, nur weil man ihnen anhört, wo sie herkommen. Und die deshalb zu Sprachexorzisten gehen, die ihnen den heimatlichen Zungenschlag austreiben sollen.

Das muss man sich mal vorstellen: in *New York*.

Wir Landeier denken doch immer, der große Apfel sei die coolste Stadt der Welt, bevölkert von knallharten, superabgezockten Ober-Checkern, die schon vor dem Frühstück (zu dem sie eine Handvoll rostiger Nägel zerkauen) den ersten Schusswechsel absolvieren, um dann an der Wall Street und in anderen schattigen Gassen die Welt unter sich aufzuteilen. Typen also, die anstatt vor irgendwas Schiss zu *haben*, tagtäglich Angst und Schrecken *verbreiten*.

Und dann das: Alles Weicheier, die ganz schenant werden, weil man sie an ihrem Akzent erkennt.

Linguistischer Selbsthass: Endlich mal eine Krankheit, vor der die Eifeler keine Muffen haben müssen. Die kriegen so was nicht.

Et gett sich net geschoomt!* Un et jit och net jerannt!

**Als ich 1982 mein Studium in Essen aufnahm, kriegte ich andauernd zu hören: »Ey, kommste aus Köln?« – Meine Antwort: »Nein, aus der Eifel!« Das passierte mir so oft, dass ich beschloss, mir zusätzlich zum heimischen Akzent auch den des Ruhrgebiets anzueignen, zumal ich mich dort schnell pudelwohl fühlte. Ein paar Jahre später, darauf bin ich übrigens ebenfalls stolz, wollte mir keiner mehr glauben, dass ich nicht aus dem »Pott« stammte. Heute ist das leider, mangels Übung, weitgehend verflogen.*

Hellepen un Manchesterbotze

Neulich erhielt ich einen Elektrobrief, in dem ein Leser die »Denglisch«-Mode monierte, also das mit englischen Begriffen versetzte Deutsch. Stimmt, das kann nerven. Vor allem, wenn es von Wichtigschwätzern zum Beeindrucken verwendet wird.

Aaaaber – soviel *Fairness* muss sein: Erstens ist Englisch eine wunderschöne Sprache, zudem mit einem immensen Wortschatz, richtig *sexy*. Weil es nämlich, zweitens, selbst von vielen anderen Sprachen beeinflusst wurde und wird. Und drittens benutzt es der Eifeler auch. Ganz ohne *Stress* und *Training*. Da können wir ganz offen drüber reden, *sorry*, »kallen« (*to call* – rufen, anrufen).

Starten wir den *Test*: Kämen Sie auf die Idee, statt *Cord* lieber »Schnürlsamt« zu sagen? Kämen Sie nicht. Dann schon eher, wie früher, »Manchesterbotz« für die Hose aus dem gerippten Stoff. Und *Pullover* klingt doch lässiger als Überzieher. Wobei der Engländer wiederum eher vom *Sweater* spricht. Und was machte man hier daraus? Genau, den »Zweter«.

Oder die »Texasbotz«: die *Jeans*. Ur-amerikanisch? Nö: Die Bezeichnung Jeans ist vom Namen der Stadt Genua abgeleitet – von dort nämlich kam der Stoff, den in San Francisco ein gewisser Levi Strauss zu den populären Botzen verarbeitete. Und der war eigentlich Deutscher.

Mein Eifeler Lieblings-Klamottenwort steht aber für Hosenträger: »Hellepen«. Die helfen gegen das Rutschen. Und hört man da nicht die Verwandschaft zum englischen *»to help«*?

Alles in allem: Ein schöner, grenzenverwischender Wörter-Kreislauf, aus dem wir bloß nicht rausfliegen wollen. Deshalb: Et jit net jerannt, *okay*?

Grüße vom Gabentisch

Schon geht's »op Chrestdaach aan«! Und das hier ist bereits die letzte Heimatdepesche des Jahres, falls ich mich nicht vertan habe (ich vertu mich oft).

Aber in diesem Dezember fallen die Feiertage samstagskolumnistenfreundlich – ich darf zweimal schwänzen, kann, wie letztens beschrieben, die Rungen in die Luft stippen oder, ein schöner Hinweis von Helmut Simonis aus Jünkerath: »mich rösten«, was soviel heißt wie ausruhen (und im englischen »to rest« widerhallt), aber irgendwie auch zum am-Ofen-Hocken passt.

Obwohl wir daheim gar keinen haben, was mir die Gemahlin bei jedem Temperatursturz frostig unters Näslein reibt.

Deshalb also schon heute: Dank für die vielen anregenden Anrufe, Gespräche und Briefe. Alles tolle Geschenke!

Wie auch der von Marianne Eisenach aus Sinspelt im Bekow, die mich (nachdem ich was über »jehuurt« geschrie-

ben hatte) darüber aufklärte, dass es in der Eifel auch Nut ... äh, also ... auf Hochdeutsch: Noten gibt, in Schule und Musikverein. Tusch!

Ditto für Raimund Nickels, der hoch im Norden lebt, trotzdem den Volksfreund liest und mich auf eine echte idiomatische Eifeler Wendung hinwies: »Zwing Männer, zwuh Frauen, zwäh Mädcha«.

Dank an alle, die mich nur noch auf Platt anschreiben und -schwätzen, an den »Husched eh-Vau« (Prost!) und an die, die ich jetzt hier nicht unterkriege.

So. Noch jät? Noch eppes? Joh: Ihnen allen ein friedliches Fest. Das letzte Wort gebührt aber Roswitha Zens, die aus Wiesbaum diese hinreißende Wendung auf Eifelfranzösisch schickte: »Villmols bemercied!«
Jenau. Et jit net jerannt.

Mal kurz nachgebohrt

Sehen Sie, ich hab mich wieder vertan. Also doch noch eine Kolumne. Aber nur, weil Weihnachten ist. Und weil mich gewisse Leute dazu ... egal. Jetzt kommt ja die besinnliche Zeit der besinnungslosen Kalorienzufuhr. Des totalen Zucker-Alarms. Der Tage und Abende, an denen irgendwann der Erste pappsatt im Sessel hängt und sagt: »Ech kann nimmieh.« Oder: »Ech sin reet.«

Wunderbar eigentlich. Ich aber warne vor den Spätfolgen! Bei mir heißt das: Zahnarzt. Nun kennen mein Dentist und ich uns schon seit Schulzeiten. Robert ist ein paar Jahre jünger, der Glückliche, und weil ich früher im Schulbus meistens nett zu ihm war, geht er heute auch ziemlich sanft mit mir um, wenn er mich quälen muss. Schisser, der ich bin.

Die Kommunikation während seiner Eingriffe in mein dentales Trümmerfeld ist allerdings eine meist nur einseitige. Weil ich außer »ngaaah!« ja kaum was sagen kann. Letztens, er hatte gerade von dem singenden auf den brummenden Bohrer umgestellt (ngaaah!) und fräste fröhlich vor sich hin, meinte er: »Das hier wird ein bisschen schwierig.« Ich, von Angst zerfressen, machte daraufhin ein Gesicht, das etwa so ausgesehen haben muss:

(((O ! O)))

Das kriegte er mit und sagte: »Keine Sorge, ich flick das wieder zusammen!« Ich: »hhhngh!« Worauf er dann, weil er Humor hat, meinte: »Du könntest mir aber ein bisschen dabei helfen, indem du weniger da reinblutest.« Und wieder ich: »nnngkch!!!«

Natürlich hat er das wieder zusammengeflickt, der Gute. Aber am Dienstag muss ich noch mal hin. Wir haben das Thema »Wurzelbehandlung« noch nicht ausdiskutiert. Ngaaah! Ich wünsche allen ein Fest ohne *Zannping*!

Frohe Weihnachten. Et jit net jerannt.

Neues Jahr, neuer Quatsch

ProSt NEujaHr. sI3Ht k0misCH avs, 0deR? Als wÜrd3 dA etvvas nICHt st/mmen, nIchT wAHr? Tja.

Es ist nämlich so, dass ich jetzt an einem anderen Computer sitze. Und nicht an meinem geliebten Apple-Apparillo (der zwar viel älter ist als diese sperrige Kiste hier, aber viel mehr kann). Weil mich die bösen Mächte des Konformismus dazu gedrängt haben.

Und das Schreiben an diesem, naja, Gerät fühlt sich ungefähr so an, wie die ersten Zeilen da oben aussehen: bescheuert. Was soll man auch von einem Computer halten, bei dem man auf »Start« drücken muss, wenn man ihn ausschalten will. Wobei »ausschalten« hier aber »herunterfahren« heißt. Da könnt ich hochfahren. Beziehungsweise: baschte!

Unser Thema ist also: Veränderung. Umgewöhnung. Das Neue. Und wie der Eifeler darauf reagiert.

Er reagiert natürlich verhalten. Das klingt dann etwa so: »Hann se weer/alt eröm jät Neies ...« Oder: »Watt saal dat dann sinn …!?!« Oder: »Ah … Wenn dou dat säähs…« Oder, ganz lässig: »Dajeeh/Dajööh …«

Was er damit meint, ist klar: »Das kann so neu sein, wie es will. So lange wie mein Lanz/Deutz oder der Schinken hier (»die Schönk elo«) hält es auf keinen Fall. Und morgen wollt ihr mir schon wieder was anderes andrehen, ihr Heinis.«

Kurz: Das Neue ist nur dann zu gebrauchen, wenn es sich mindestens 20 Jahre hält. Für uns ist es dann, wenn wir es gut gepflegt, pardon, estermiert haben, immer noch wie fuschneu, während die anderen schon besinnungslos dem nächsten Quatsch nachrennen.

Sollen sie doch. Wir aber wissen: Et jit net jerannt.

PAGNER
BRUT

Die Tierische Volksfront
Teil II

Wir müssen heute noch mal auf das »Boomropdeer«, also das mutmaßliche Eichhörnchen aus Neuerburg zurückkommen. Wie mir nämlich der weit über die schattigen Gemarkungen seines schönen Heimatstädtchens hinaus bekannte Universalkulturschaffende Norbert »Norb« Klinkhammer mitteilt, sei dieser Begriff ihm gar nicht geläufig.

Er kennt nämlich das »Baumrauftier« nur unter der althergebrachten Bezeichnung »Queckäächleck«. Wir haben dann gemeinsam versucht, den Terminus etymologisch, also wortherkunftsmäßig, zu entschlüsseln, sind aber nur beim Mittelteil (»Ääch«) darauf gekommen, dass das die »Eiche« sein müsse, die das Hörnchen geschwind hinaufkrabbelt.

Falls also jemand mehr über dieses schöne Wort weiß: immer her damit! Bis dahin schauen wir noch auf ein paar andere interessante Wesen aus der Eifelfauna.

Wie den Foosbock, der ebenfalls im Eifelsüden beheimatet ist: kein Geißbock, sondern ein Narr. Und ein für Zucht oder Verkauf unbrauchbares Rindvieh, das die Bauern früher immer um Karneval herum schlachteten.

Womit wir schon beim Essen sind: Kennt noch jemand die Hasenbottisch oder Hasenschmier – also das nicht verzehrte Butterbrot, dass der Papp den Kindern von der Arbeit wieder mit nach Hause brachte?

Ein feines Wort ist auch die »Dressfleech«, die sich vor allem im Norden tummelt. Diese, wörtlich ins Hochdeutsche übersetzt, »Kackfliege« ist ganz und gar kein fieses Insekt, sondern ein Menschlein, Mädchen oder Junge, das sehr zierlich, pardon: fimschich (Südvariante: pupisch) geraten ist. Also eine eher liebevolle Bezeichnung.

So, bevor Sie jetzt foosbockig werden, dackel ich ab. Boom rop oder der Hang eraaf: Et jit net jerannt.

Die Tierische Volksfront
Teil III

Das Eifel-Eichhörnchen verfolgt mich weiter, permanent treffen neue Theorien aus der Leserschaft ein, die ich natürlich dankbar preisgebe.

So hat sich aus dem Raum Celle nochmal Raimund Nickels gemeldet, der ja aus Lahr im Neuerburger Land stammt. Als Zugabe liefert er aber vorher noch eine Köstlichkeit zu den Noten, die eifelsüdlich, wie uns ja Marianne Eisenach aus Sinspelt schrieb, »Nu ... genau: ...tten« heißen. Und der geht so: »Loo keent de Koster. Henn hoot seng Nutten enerm Oorm.«

Großartig. Jetzt aber zum Eichhörnchen, Boomropdeer, Queckäächleck – und es stellt sich heraus: So kennt man das Tier nicht in Lahr. Sondern als – Achtung, es kommt auf jeden Buchstaben an – »Quagäächareeck«. Während Nickels meine und Norb Klinkhammers Annahme, bei »Ääch« handle es sich um die Eiche, nicht teilt, könnte aber die letzte Silbe »Reeck« für Rücken stehen. Also wäre »Ääch« dann doch die Eiche? Auf deren Rücken das Tier rumklabastert? Spannend!

Noch wilder wird es, wenn wir nach Birresborn lauschen. Von dort machte sich ja einst der blutjunge Patrick Schnieder auf, um zuerst das Arzfelder Rathaus und danach den Bundestag in Berlin zu entern. Seine, also die Birresborner Variante, aus der Hauptstadt rübergeschickt: Gageeschert.

Das wiederum erinnert ans Rittersdorfer Kaveischertschen. Und das klingt fast wie die Schenkung von Alois Mayer: Der nämlich meldet aus der Dauner Ecke die Kawecherten.

Das seien aber – na? Tja: Eichelhäher. Kurz: Ich weiß gar nichts mehr, habe aber großen Spaß. Leser, bleib dran!

Demnächst: Teil IV! Et jit net jerannt.

Warum man wohin heiratet

In meinem Dorf gilt der Satz: »Willste 'n Frau, fahr no Auw.« Immer wieder haben die Stadtkyller Männer (beziehungsweise: »Die Männ«) unter fadenscheinigsten Versprechungen Damen aus dem Dreibuchstabendorf bei Prüm heimgeholt und vor den Altar gezerrt.

Es muss an der besonderen Mischung aus Klugheit, Liebreiz, Charakterstärke und Robustheit liegen, die man bei den Auwer Frauen findet.

Interessant ist aber nun, dass dieser Minne-motivierte Mädchenraub, sieht man von der gelegentlichen Kirmeskloppperei ab, nie zu nennenswerten Konflikten zwischen den zwei Gemeinden geführt hat.

Allerdings kam den Auwer Männern dabei ein Umstand zugute, von dem mir der höchst vertrauenswürdige ehemalige Vorsitzende des Musikvereins Niederprüm, Josef Hupperts, erzählt: Der hat nämlich eine Tante, die aus Verschneid stammt, dem Auwer Nachbarort. Und die dortigen Mädchen, erzählt die Tant, litten früher darunter, dass ihnen daheim fehlte, was die Eifeler zum Leben brauchen: Kirche und Brunnen (»Pötz«). Beides aber gab es, genau, in Auw.

So mussten die Verschneiderinnen immer zu Fuß das tiefe Tal und den steilen Anstieg zwischen den Dörfern überwinden. Eine Tortur vor allem dann, wenn Verschneid verschneit war. So gab es für die Mädchen nichts Wichtigeres, als sich einen Mann aus Auw zu schnappen: »wäänt der Kirech un dem Pötz«. Und so glich sich das alles aus. Aber wo haben dann die Verschneider Männer ihre Frauen her? Im nahen Belgien poussiert und Okkasionen genutzt? Hm!

Wenn ich mir aber die Auwer Frauen bei uns im Dorf so anschaue, finde ich: Das kann erstmal so bleiben.

Et jit net jerannt.

Klugheit, Liebreiz, Charakterstärke: Die Eiflerin, hier in der Walburga-Variante aus dem Volksfreund.

Die Poetik des Gefühls

Die eifeltypische Sprachzurückhaltung lässt sich vor allem im Emotionalbereich sehr gut studieren. Anders gesagt: Gefühle, sofern sie einen ereilen, werden so diskret behandelt wie der Kontostand oder ein Pickel beziehungsweise *Plaaken* an jenen Stellen, wo niemals die Sonne einen Strahl hinsenden darf.

Weil: Man ist sonst schnell als Sensibelchen verschrien.

Klemens Kockelmann aus Waxweiler (danke für den Tipp!), weist darauf hin – und diese Woche stand es ja auch so ähnlich im TV –, dass der Eifeler deshalb auch den Satz »ich liebe dich« gekonnt zu umkurven verstehe, indem er stattdessen eine wunderschöne eigene Wendung benutzt: »Ech sinn fruh mat dir.« Oder »möt dir«. Jedenfalls: froh.

Und es stimmt! Wenn zwei »äresch fruh« miteinander sind, dann ist alles gut. Funktioniert übrigens auch in Hochdeutsch, und ich benutze es ebenfalls immer wieder mal – wenn ich mich bei denen, die mir am Herzen liegen (ja, ich bin so ein Gefühlsheini), nach dem Stand ihrer Zweisamkeit erkundige: »Seid ihr denn froh miteinander?«

Und wenn wir dann doch ausnahmsweise einmal tatsächlich von Liebe reden, dann hängen wir gern noch was dran, was dem Ganzen wieder einen kleinen Eifeler Dreh gibt – wie mir Polly und Wolfdieter Schmitt aus Hillesheim (Dankeschön!) berichten: Ein früherer, offenbar sehr glücklich verheirateter Nachbar nämlich habe das immer zu seiner Frau gesagt: Er liebe sie ... und zwar »zebaschte«.

Das kommt natürlich vom »Bersten«. Zum Bersten verliebt – da sind zwei offenbar sehr froh miteinander.

Und Sie sind es hoffentlich auch. Denn es gibt nichts Schöneres. Et jit net jerannt

So ein Peisch aber auch

Wer sich heute darüber aufregt, dass wir Wörter aus anderen Sprachen benutzen, der sollte mal darauf achten, wie lange das schon so geht.

Aktuelles Beispiel: Die Ortsgemeinde Pronsfeld. Die Pronsfelder wollen ein Neubaugebiet weiter erschließen, mit dem schönen Namen »Auf Schweinepaisch«. Kollegin Sonja Sünnen findet übrigens, das sei ein gutes Wort zum Rufen, wenn sich die Familie zum Gruppenbild aufstellt (stimmt! Und jetzt alle: *»Schweinepaiiisch!«*).

Allein schon die »ei-ai«-Kombination: vorbildlich. Mir geht es aber um den zweiten Teil des Flurnamens, denn der schickt uns weit zurück in die Vergangenheit.

Der Paisch – oder Pääsch, Päsch, Peesch – ist ein klassisches Eifelwort … das heißt: nicht ganz. Denn die Römer haben es hinterlassen. Es stammt vom lateinischen *pascuum*: Weide oder Weideland – ein haus- oder hofnahes Stück Wiese, auf dem das Nutzvieh grast. *Op dem Paisch* also.

Außerdem, um auf die Pronsfelder Flur zurückzukommen: Das Schwein ist ein tolles Tier, auch wenn es meist zu Beschimpfungen missbraucht wird. Dann aber eher als »Sau«. Und in deren Mehrzahl schaffen es die Eifeler als einzige weltweit (zumindest, bis man mir das Gegenteil beweist), auf engstem Raum die sensationell sprachartistische Kombination von zwei Umlauten (also Buchstaben mit Pünktchen obendrauf) hintereinander auszusprechen. Echt wahr. Haben es die Kerle nämlich wieder einmal zu bunt getrieben und erheblichen sozialen Flurschaden hinterlassen, rügt man sie mit den Worten: »Dir Söü!«

Ö, ü - hä! Soll uns mal einer nachmachen.

Öt jit nüt jörannt!

Nur Onrecht auf der Welt

Es gibt, Leser, keine Gerechtigkeit. Wohl aber das Gegenteil: »Et ös/as en Onrecht op der Welt ...« sagt der Eifeler und lässt das Satzende sinnierend offen.

Bei mir war es die Sache mit dem Kawääscher ... Dingens ... Sie wissen schon: Sciurus Vulgaris, das gemeine Hörnchen elo. Es stellt mir nach. Es lauert mir auf. In allen sprachlichen und zoologischen Variationen – es gibt 190 Arten! 190! – trippelt es in meine Träume, zeigt mir seine zornfletschenden Zahnreihen, reißt das mächtige Maul auf und schlägt seine horrenden Hauer in mein unschuldiges Fleisch. Und zack bin ich wach.

Kaum habe ich mich beruhigt, steuern die Eifeler weitere Varianten bei: Kagäächelchen heiße es in Schönecken, sagt Rolf Müller. Aus Kalenborn ruft Josef Leuschen an: »Du suchs doch nach dem richtijen Eichhörnchen«, stellt er fest. Das finde man nur in seinem Dorf: Kackeechelsche. Oder doch eher in Üxheim? »Kabejchel« heiße es dort, sagt Hans-Leo Hilgers.

Die liebe Margit Brandt-Leuwer schickt konspirativ einen Kassiber aus dem Pfarrbüro in Stadtkyll. Aber der Pastor wird ihr vergeben. Denn sie liefert mir, endlich, eine Deutung: »Kackeechelsche – also ein Tier, das die Eicheln, die es zuvor gefuttert hat, ausscheidet. Alles klar?«

Alles klar. Und ich weiß jetzt auch, warum das Vieh mich ewig strafend verfolgen wird. Zeit, ein Geständnis auszuscheiden. Möget ihr mich richten, Leser, ich bitte dennoch um Milde: Ich hab vor Jahren mal – schuldlos! – eins überfahren. Es rannte mir aus dem Gebüsch direkt ...

Ach, das ist alles ungerecht. Sag ich doch, siehe oben.

Et jit net jerannt.

Fritz-Theodor zu Lindenberg

Der Titel ist weg!

Liebe Eifelnation! Der linguistische Wissenschaftsrat des Trierischen Volksfreunds hat mir den Dialektor-Titel aberkannt. Das Gremium, an dessen Spitze man meinen schärfsten Kontrolleur gesetzt hat, den Südeifeler Großinquisitor Damuar al-Schwickerathi, kannte kein Pardon.

Zur Klarstellung: Meine von mir verfasste Kolumne zum Eifel-Eichhörnchen (siehe auch: *Kackeechelsche, Queckäächleck, Kaweischertsche, Kabejchel* et. al.) ist kein Plagiat. Ich habe diese Arbeit selbst geschrieben. Ich stehe dazu, aber ich stehe auch zu dem Blödsinn, den ich geschrieben habe.

Ich sage das ganz bewusst, weil ich am Wochenende auch, nachdem ich mir diese Arbeit noch einmal intensiv angesehen habe, feststellen musste, dass ich gravierende Fehler gemacht habe. Gravierende Fehler, die den wissenschaftlichen Kodex nicht erfüllen, *Geknoschel* gar. Möglicherweise habe ich an ein oder anderer Stelle den Überblick über die Quellen verloren.

Auch andere Texte, die unter meinem Namen veröffentlicht wurden, waren nicht so ganz *summa cum laude*. So wurde nicht immer die korrekte Schreibweise für Dialektbegriffe aus dem Bekov, dem Islek und anderen Landstrichen verwendet. Es wurde allerdings zu keinem Zeitpunkt bewusst betuppt oder bewusst die Urheberschaft nicht kenntlich gemacht. Ich bin selbst auch ein Mensch mit Fehlern und Schwächen, und deswegen … was? ... Wie? Ich soll *»die Moul haale un weggerschaffe«*?

Äh, jut. Dann … *dajöhh.*[*]
Et jit net jerannt.

[*]*Diese Kolumne enthält Zitate, die dem Bundesverteidigungsminister*[**] *zugeschrieben werden. Der Verfasser hat allerdings den Überblick verloren, was er wann und wo geklau... übernommen hat. Und von wem sie in Wirklichkeit sind.*

[**]*dem mittlerweile ehemaligen Bundesverteidigungsminister*[***].

[***]*Karl-Theodor zu Guttenberg*[****].

[****]*Nix weiter, ich wollte nur mal eine Vier-Sterne-Kolumne geschrieben haben.*

Einmal quer durchs Gebeiz

Herrlich, wenn einem die Leute so schön auf die Sprünge helfen: Als hätten sie sich miteinander abgesprochen, schicken Rosel Grohé aus Hillesheim und Peter Trauden aus Heilbach im Neuerburger Land – also aus ganz unterschiedlichen Eifel-Ecken – zwei Hinweise, die wunderbar zusammenpassen.

Dazu kommen wir noch einmal auf das hinreißende Deutsch zurück, das immer dann entsteht, wenn ein ausschließlich dialektsozialisierter Eifelmensch (gibt's ja kaum noch) versucht, sich in der Hochsprache auszudrücken. In solchen Situationen, schreibt Peter Trauden, »wurden manchmal wahre Monstersätze formuliert, die einem die Lachtränen in die Augen treiben«.

Da hat er recht, aber sowas von. Sein Lieblingszitat: »Klammen Sie die Trapp rauf bis auf den eewichten Spicher. Da steht ein Schaaf mit einem Dippen Gebeiz drin! Der Käs ist in der Schuttel danebicht.«

Große Klasse. Was da alles drinsteckt! Klammen/klömmen ist klimmen, also klettern, eewicht oder ööwischt, je nach Region, ist der obere Speicher, das Schaaf ein Schrank, ein Dippen oder Döppen ist der Topf, aus dem im letzten Satz dann die vermeintlich hochdeutsche Schuttel (von der Eifeler »Schottel«, für Schüssel), geworden ist. Die mit dem Käs drin.

Das Gebeiz – im Süddialekt: Gebääß – heißt, wie Rosel Grohé schreibt, im Hillesheimer Land »Jebeets«. Wie in: »Häste att Jebeets jekauch? Hast du schon Marmelade gekocht?« Jebeets, erklärt sie, »ist das, was im Beet wächst.« Das treffe zwar marmeladentechnisch höchstens auf Erdbeeren zu, aber egal – das habe man wohl im alten Hillesheim locker gesehen.

Jedenfalls: lecker. Wieder was gelernt. Et jit net jerannt.

Von den Eifelern ihrem Genitiv

Die deutsche Grammatik: ein Kunstwerk der Sprachregulierung, dank dessen wir alles in feinstgezimmerten Satzbauwerken ausdrücken können, was immer es auch sei.

Man muss sie natürlich können. Viele können aber noch nicht einmal den Dativ, also den »Wem«-Fall (kürzlich auch von unserem stellvertretenden Chef Peter Reinhart beispielhaft bedichtet). Kommt von lateinisch »dare«, geben: »Ech jenn/genn *dir* elo eene!«

Der Eifeler, ein Rhetor von großen Gnaden, benutzt den Dativ souverän und andauernd: »Dem seng Pänz«, »dennen ihr Buud«, oder in so artistischen Konstruktionen wie »van dem Fraumensch van oosem Pitter sengem Aalsten«.

Nun sind die gerade dokumentierten Wendungen eigentlich

versteckte Genitive. Also »Wes«-Fälle. Wie in: »Die Grammatik *des* Eifelers ist noch eleganter als die *des* Hochdeutschen.« Der Eifeler, ganz Sprachästhet, greift trotzdem lieber zum Dativ, weil der, siehe oben, oft einfach viel schöner ist.

Das heißt aber nicht, dass er den Genitiv nicht kennte beziehungsweise kennen tät'. Vielmehr weiß er genau um dessen Noblesse. Und so setzt er ihn ausschließlich dann ein, wenn er etwas sehr Wichtiges, Bedeutendes, ja Drängendes mitzuteilen hat: »Ech han des Pesses nüedisch.«

Das schreibe ich jetzt lieber nicht auf Hochdeutsch hin, sonst wird es mir am Ende noch rausgestrichen. Von gestrengen Korrektoren, die des gröberen Humors nicht mächtig sind. Wenn Sie jedoch bemerken, dass Sie in absehbarer Zeit des Harnens nötig haben sollten, dann erledigen Sie das bald, diskret und in aller Ruhe. Sonst müssen Sie nämlich irgendwann überstürzt ...

Aber stopp: Et jit net jerannt.

Alles, was nicht sein muss

Heute leisten wir ein wenig Integrationsarbeit für zugereiste Leser, die des Dialekts nicht mächtig sind (um hier nochmal schnell einen Genitiv untergebracht zu haben). Denn einige haben, wie ich höre, Verständnisprobleme mit der Mahnung, die stets am Ende unserer wöchentlichen Betrachtung steht.

Da klären wir gerne auf. Denn der Satz sagt viel über das Empfinden des Eifeler Fundamentalpragmatikers aus.

Kerngedanke: Was nur zum Spaß betrieben wird, ist »unnüedisch/onniedisch«. Das gilt vor allem fürs »Rennen«. Nein, es geht nicht um Lauf- oder Radsport. Sondern ums meist motorisierte Verlassen von Haus, Hof und Sprengel. Vor allem die Jugend, permanent von Fliehkräften ins Freie getrieben, wird deshalb immer wieder gerügt: »Moot ihr dann alt weer/alt eröm renne?«

Weil: Sprit ist teuer. Aber nicht der einzige Grund, die »Rennkessel« aufzufordern, es doch bitte ruhig, also »höösch«, angehen zu lassen. Und wenn sie sich dann, wie immer, nicht »ömhaale« lassen, dann mahnt der reife Eifeler eben zu vorsichtiger Fahrweise: »Et jit net jerannt!« Oder: »Et get net geraant!« Denn aus seinen Worten spricht nichts als Sorge und natürlich, obwohl er es nie zugeben würde, Liebe. »Rennen« ist polyfunktional, kann also vieles bedeuten: »Dat woor en Renne« zum Beispiel besagt, dass irgendwo jede Menge Leute zugegen waren und daher »en Betrieb wie zu Köllen om Hooptbahnhof« geherrscht habe. Das eifelspezifische »Rennen« hat es hier und da sogar aus dem Regiolekt, also der halbhochdeutschen Umgangssprache einer bestimmten Gegend, in offizielle Dokumente geschafft, wie ein Blick in die Hausordnung der Grundschule Stadtkyll zeigt. Was steht da? Das steht da: »Nach Unterrichtsschluss verlassen die Schüler das Schulgebäude, *ohne zu rennen* oder zu rempeln.«

Eben. Früh übt sich.

Et jit net ... Sie wissen schon.

*»Et jit net jerannt!« Schon der Ur-Eifeler war ein besorgter Mahner, dem das Wohl der Jugend am Herzen lag. Besonders nach der Erfindung des Rades.

Tricksen und täuschen

Schon gemerkt, Leser? Seit die Gestaltung des lieben Volksfreunds geändert wurde, ist diese Kolumne länger geworden. Das heißt: Statt wie bisher höchstens 250 Wörtern hat sie jetzt 280. Das sind, äh ... majuh ... jou, jetzt hab ich's: gewaltige zwölf Prozent.

Das heißt aber auch: Mehr Arbeit (nein, nicht mehr Geld. Nur mehr Arbeit). Einfach nur längen geht da nicht.

Denn dann würden Sie mich bald als Zeilenschinder ausgemacht haben. Als tricksenden Fouteler (von französisch »fauter«, einen Fehler begehen). Als Schwaadlappen, Moulert un Liejepitter. Als Strunzböggel, Wäffeler, Batscheler und ... jawohl: Schouten.

Auch das ist wieder eines dieser allerliebsten Eifelwörter, die niemand verstehen kann, der nicht von hier ist. Und eins von denen, die man zugleich hören muss: Was der Eifeler allein in die beiden aufeinanderfolgenden Vokale »o« und »u« für eine lässige Ironie zu legen versteht, ist vom Feinsten. Den elo as/ös en Schouten.

Wie komme ich jetzt da drauf? Weil Heinz-Albrecht Becker aus Prüm anregt, dass wir uns doch mal um solche Wörter kümmern, wie wir es ja vor einiger Zeit schon ansatzweise mit den Stöllepen und Schwaadlappen getan haben. Einige der oben aufgeführten Schimpf-Bezeichnungen hat er dankenswerterweise gleich mitgeschickt.

Jedenfalls: feine Idee. Und weil ich als viel zu harmloses Jüngelchen natürlich fast überhaupt keine schlimmen Wörter kenne, dürfen alle ruhig mithelfen: Wer also noch ein paar typische Vokabeln kennt, die man anderen an den Kopp knallt, darf mir die gerne rübersenden. Ich bin aber auch en

Labbes! De Foulicht a Persun!

Egal: Krieg ich was geschickt? Würde mich freuen.

Wir schließen für diese Woche mit Herrn Beckers strikt zu befolgendem Rat: Haalt ejch riecht!

Genau. Aufrecht bleiben, Leute.

Und, klar: Et jit net jerannt.

Wahl-Nahkampfberichterstattung

So, das war's. *Dajeh, dajöh,* die Wahl ist durch. Geben wir schnell noch unseren mittelscharfen Mostert dazu. Denn: Als ansonsten fürs Weltgeschehen bedeutungsloser Lokaljournalistentünnes und Dorfdappes wird man ja selten von den ganzen Polit-*Böggeln, -biggeln* und *-beggeln* so bedrängt oder, wie wir daheim sagen: *jedüürängelt* wie zu Zeiten des nichtsnutzigen Wahlkampfs.

Vorige Woche stand gar die leibhaftige Julia Klöckner plötzlich bei uns im Prümer Zimmer und strahlte mich aus intimster Nähe an (was sie wirklich sehr, sehr gut kann). So wurde aus der leibhaftigen die, in dem Moment jedenfalls, eher haftleibige Julia Klöckner (unsere Redaktion ist klein, und Billenmichel musste ja auch noch reinpassen. Da kommt man sich wirklich nah).

Ich jedenfalls konnte kaum sprechen, angststarr, wie ich war. Zumal ich noch völlig von den sensationellen SPD-Wortspielen (PersBECKtive, *mahjusebetter*!) entkräftet war.

Kaum gesehen habe ich dagegen einen promovierten Bitburger Landrat, der in den Landtag promoviert werden wollte. Ob angesichts der unglaublichen Geschwindigkeit dieses geplanten nächsten Karrieresprungs alle noch ... hm ... mitkommen? Ach, lassen wir allen Streit, man sah ihn ja wenigstens jeden Tag vorne unten auf der ersten Seite im Volksfreund. Von diesen Politikersichtungen oder Nichtsichtungen abgesehen: Kaum zu glauben, wie oft einem schon lange vor dem Wahltermin die Pressemitteilungen nur so um die Ohren fliegen, wenn wieder mal *en Wichtijen* sich auf die Runde über die Dörfer macht.

Aber wehe, wenn wir das nicht veröffentlichen: Schon schwärmen die Parteigänger drohnengleich aus und nageln einen fest: Wieso haben Sie das nicht gebracht? Letztens haben Sie doch auch was über Herrn/Frau Dingens von den anderen geschrieben! Und der Artikel war übrigens gar nicht gut! Sie sind ein CDU-Blatt! Sie werden von der SPD gesteuert! Oder gar, hosianna: vom Bistum! Nein, *sakratjis*!

Echt wahr jetzt: Wir wollen alle gleich fair – oder von mir aus: gleich unfair – behandeln. Und je näher der Wahltag rückt, desto öfter rücken wir dann auch brav aus, um sie zu begleiten und zu besingen.

Am Ende waren sie dann doch alle in der Zeitung. Mehrfach. Und der Leser sagt: *Et as wellen baal jot!* Genau.

Et jit net jerannt.

Ergänzung:

Diese Kolumne erschien nicht, wie die anderen, an einem Samstag. Sondern in der Montagsausgabe nach der Landtagswahl in Rheinland-Pfalz (Sonntag, 27. März 2011).

In der Woche davor war Harry Rowohlt, wundervoller Übersetzer, Vortragskünstler, ZEIT-Kolumnist und Lindenstraßen-Schauspieler (als Penner Harry Rennep) in der Trierer Tufa aufgetreten. Und wie immer, wenn der Hamburger Großkolumnist und der Eifeler Kleinkolumnist sich vor einer seiner Lesungen sehen, haben wir noch ein bisschen geschwatzt – unter anderem über die damalige CDU-Spitzenkandidatin Julia Klöckner. Dass ausgerechnet sie dann zwei Tage später in unserer Prümer Redaktion auftauchte, war natürlich eine überraschende Zugabe.

Was nicht in der Kolumne steht, ist das hier:

An meinem Platz in der Redaktion hängt seit Jahren das große Harry-Rowohlt-Plakat, das sein Verlag Kein & Aber zur Veröffentlichung seines ersten, unbedingt lesenswerten

Bands mit »nicht weggeschmissenen Briefen« drucken ließ (»Der Kampf geht weiter«, Zürich 2005, unbedingt lesenswert ist natürlich auch der zweite Band). Frau Klöckner steht also vor mir, entdeckt das Plakat und sagt: »Was hamsen da? Der Kampf geht weiter? *Soll das Karl Marx sein?*« (Die Umstehenden: »Kicher!«) Ich: »Nein, das ist, naja, steht ja drauf, Harry Rowohlt.« Frau Klöckner: »...?...?...« Und: »?«

Jedenfalls sagte ich dann zu ihr: »Karl Marx ist der Viertplatzierte im Harry-Rowohlt-Ähnlichkeitswettbewerb.« Was alle anderen, obwohl von der CDU, grinsend verstanden. Außer, tja, Frau Klöckner.

Cooler als Poker

Su spillt mer möt Studente! Hab ich früher immer wieder gehört, wenn mich, den arg- und ahnungslosen angehenden Akademiker, ein Mit-Eifeler beim Skat oder *Tuppen* über den Tisch gezogen hat.

Tuppen, Siwweschröm, Siwwe Schräm und wie das Spiel, von Dorf zu Dorf unterschiedlich, auch heißen mag: Es ist ein Eifeler Klassiker.

Erstmal zum Begriff: Tuppen, das kommt vom französischen duper, düpieren also, und hat natürlich viel mit Be-Tuppen zu tun: einen übers Ohr hauen. Darin, also NUR im Spiel (uff!), ist der Eifeler unübertroffen. Und was er dabei für ein verschlossenes Pokerface aufsetzen kann – herrlich. Deshalb nennt man das Spiel auch Eifelpoker, obwohl es viel cooler ist als das Ami-Pendant. Eigentlich müsste es genau andersrum sein: Poker sollte *American Tupping* genannt werden.

Den Einsatz erhöht man, indem man auf den Tisch tuppt beziehungsweise: kloppt. »*Isch kloppen zwei!*« In Ulmen spielen sie jährlich die Rheinlandmeisterschaften im *Siwwe Schräm* aus – was bei der begrenzten Verbreitung des Tuppens einer Weltmeisterschaft gleichkommt.

Die *Schröm/Schräm* sind Striche, die für verlorene Spiele aufgeschrieben werden. Wer sieben davon auf seinem Zettel hat, hat die Runde verloren.

Schröm, Schräm, Schriem – ein mehrdeutiges Wort: Es steht auch für Schmisse, Streiche, Schrunden: Hat einer die Visage lädiert, hat er *Schröm im Jesicht*.

Eigentlich wollte ich aber auf die Studenten aus dem Einleitungssatz hinaus: Studenten, das darf man heute auch schon nicht mehr sagen, das sind jetzt alles »Studierende«. Wahrscheinlich, weil »Studenten« zu männlich klingt. Kann ja sein. »Studierende« aber klingt läppsch: So, als würden die tatsächlich die ganze Zeit studieren. Und nicht zwischendurch ordentlich einen tuppen oder verlöten gehen. Oder was auch immer.

Ich jedenfalls fühl mich da betuppt. Et jit net jerannt.

Jömerten und Joppefaller

Klasse: Nach dem Aufruf, mir Schimpfwörter zu senden, kamen aus mehreren Ecken Vorschläge, die mir glatt neu waren.

Zum Beispiel der *Hiermoot*. Den verdanken wir Markus Igelmund, der, wie er schreibt, seit Jahren fast jedes Wochenende »aus dem hillije Kölle« in seine genauso geheiligte Heimat Steffeln fährt, um dort Mutters Zeitungsstapel zu durchforsten – und dabei auf unsere Kolumne stieß. Der *Hiermoot*, schreibt er, »ist nach meinem Kenntnisstand ein Jeck, ein Verrückter, ein Irrer, wobei das Adjektiv *hiermödisch* eigentlich schwindelig bedeutet«. Im Süden: *heermeedisch*.

Da schwindelt mir vor Freude – und ich, nicht weit von Steffeln aufgewachsen, muss bekennen: Hab ich noch nie gehört. Da forschen wir weiter!

Sehr schön auch, was Gisela Meyer aus Birgel elektropostalisch rübergeorgelt hat: Den *Joppefaller*, bei dem es sich um einen lästigen Zeitgenossen handle. Auch hier: keine Ahnung, wie das Wort abzuleiten ist. Noch weniger die Eifelsüdvariante: *Leizgeheier*. Weiß es einer? Und dem vor Monaten bereits erwähnten Toopert, dem Tolpatsch, schickt sie noch ergänzend den *Döppelappes* hinterher. Und den, der immer jammert – hier ist das Wort ganz einfach abzuleiten, denn das ist ein *Jöömert*.

Aus dem tiefen Süden stammt Andreas Wisniewski (inzwischen längst im Eifelnorden assimiliert), der uns mit einigen Begriffen aus dem »Heckenland« westlich von Wittlich versorgt: Dem *Lackes* (Lappes, Labbes) – »en aalgladen, deen net sauwa ass«, dem *deiwatzihe* Mensch, der den Teufel im Leib (also Panz) hat, und dem *Deifänker* – einem Schlitzohr.

Und zu solchen Typen mit zwei Gesichtern sagt man da unten, hier oben und überall dazwischen: *Den as/ös hanawenisch, hannerwennisch* oder *hönnerwennisch.* Und meine Oma Anna hatte für diese schein-heiligen Gestalten nur einen Satz übrig: »*Dat ös en Hellijen für en düüster Kirch ...*«

Demnächst mehr. Ich danke!

Et jit net jerannt.

Juhu, ein Jubiläum!

So, Leser, da hätte ich ja nie dran geglaubt: Aber das hier ist schon die 50. Kolumne. Majuh! Das ging natürlich nur, weil so viele mitgeholfen haben. Wunderbar! Danke!

Und deshalb ... was? Oh. Moment, der Chef will was sagen. Dajöh:

Liebe Leser, das müssen Sie sich mal wegtun, da glänzt dieser Herr Linden Samstag für Samstag mit seiner Kolumne und seinem Spruch et jet net jeraant. So als hätte der unser schönes Eifelplatt erfunden. Näh, dat gof et schung viel freher.

Mooooment! Chef, das ist schnack gelogen! Ich und erfinden, ha. So wie du deine Kommentare, wa? Nix da! Fieser Möpp, hönnerwennijen! Leser, ich könnte euch Geschichten erzählen über den feinen Herrn Schwick… Aber halt, da mengt er sich schon wieder dazwischen:

Und außerdem, jetzt sag ich Ihnen mal was ganz im Vertrauen. Der saubere Herr Linden wollte gar nicht, also diese Kolumne schreiben meine ich, oder wie das eigentlich richtig heißt, die Steckelcher.

Stöckelcher heescht dat! Verzällcher! Du Tüütenüggel! Der »saubere Herr Linden«, pfft!

... Der, jawohl, saubere Herr Linden hat sich geziert wie eine widerspenstige Jungfrau. Näh, jeden Samstag und immer die gleiche Läng und zum gleichen Thema. Wat is, wenn ich Urlaub hab oder krank bin?

Jou. Stimmt. Und zack war ich malad. Hätt ich besser die Schnüss gehalten. Und nach einem Jahr wollte ich sowieso Schluss machen damit. Das ist in drei Wochen. Ziellinie!

... Und ihr da unten im Bekow versteht doch sowieso unsere Sprache im Norden nicht, hat er erzählt. Das war der einzige

Punkt, wo ich ihm recht geben muss. Heftige Sprachunterschiede zwischen Nord- und Südkreis gibt es schon seit Jahrhunderten. Macht aber nix, wir Eifler sind ja echte Sprachtalente.

Da hat er mal recht. Sonst ja fast nie, hähä.

Die Älteren von uns mussten als erste Fremdsprache im zarten Alter von sechs Jahren Deutsch lernen. Und böse Zungen behaupten, wir könnten es bis heute nicht richtig. Na ja: dat, wat, isch un misch. Und dann erst diese Nordlichter in Richtung Köln. Die können das gar nicht, die machen alles mit »j«, und dann gibt's noch die, da fängt jedes Wort mit »g« an, während wir im Süden doch so ein richtig gepflegtes Eifeler Platt sprechen. Oder, wie eisch zom Fritz immer son: dat Rischtige.

Ihr im Süden. Gepflegt. Ha! Aber ansonsten, ja, stimmt: Die Unterschiede sind krass. Und das ist klasse.

Aber noch mal zurück zu dem Nörgelpitter: Woche für Woche bin ich jetzt mit dem seinen Kolumnen geplagt, die er erst gar nicht schreiben wollte, de Koutz, und für die er jetzt körbeweise Fanpost bekommt.

Naja, Körbe. Aber ein paar sind's doch! Und wozu? Zu Recht, Chef, zu Recht.

Und jetzt rennt er durch die Gegend wie sou en obgeplousterten Hoan un get on wie zehn nackier Neeger.

Von wegen. Ich, en Strunzböggel? Da kenn ich andere: Die sitzen in Trier (wie kann man nur! Als Eifeler!), in dieser behaupteten Stadt, und machen sich wichtig. Dat sin mir die liebsten. Wie? Das ist ... was?

Das ist anstrengende Entwicklungsarbeit! Irgendwer muss denen doch sagen, dass jenseits vom Trierer Berg noch Menschen wohnen, die sogar lesen und schreiben können. Ich bin sozusagen da als Eifel-Missionar fürs ungläubige Trärer Volek tätig. Un du mach's mir dauernd Vorwürfe und nenn's mich Verräter.

Der heilige Herr Schwickerath. Dat ös mir en Hellijen! Und

überhaupt, die da unten an diesem Fluss. Weißt du, was die sagen? »Lieber zweimal im Jahr die Mosel im Keller, als et ganze Leben in der Eifel wohnen!« Bassesnäh! Komm du mir nach Haus!

Mänchen, komm dou mir es hem, hescht dat.

Äh ... Chef?

Wat denn?

Manche sagen ja, die Eifeler, die zanken und kloppen sich wie die Kesselflicker.

Wat? Streiden? Mir? Zeläwen net. Wen sääťt dat? Den hole mer oos!

Jenau! Und zwar in aller Ruh! Weil – und jetzt alle:

ET JIT NET JERANNT!

Der Co-Autor dieser Kolumne: Damian Schwickerath, mein stellvertretender Chefredakteur.

Flumm, Schlonz, Seeverkuttes

Bei so was, Leser, wird einem warm ums Herz – und man möchte weinen vor Freude: Es geht noch einmal um den Schimpfwörter-Aufruf, den wir letztens drin hatten. Dazu kam jetzt ein wunderbares, schreibmaschinengetipptes Brieflein von einer nun wirklich treuen Volksfreundin aus Lünebach. Sie ist nämlich – hier bitte alle mal mit dem gebotenen Respekt in die Knie gehen – 89 Jahre alt.

Jetzt hab ich nur ein Problem: Sie möchte nicht mit Namen erwähnt werden. Aber ich gebe ja immer brav meine Quellen an. Und diese hier, die würde ich ganz besonders gern nennen. Deshalb mach ich so ein Zwischending. Ich verrate nur fast den Vornamen. Und nicht weitersagen! Also: Herzlichen Dank, liebe Gre... psst! Klasse! Und schöne Grüße zurück *de Prüm eraaf*!

Und was schickt sie uns? Ach, herrliche Sachen, und die Erklärungen liefert sie natürlich gleich mit. Hier ein paar Beispiele: *Ne Suffnickel* – klar, ein Trinker. *En Knotterdöppe* – ein Mensch, der über alles schimpft. Beeindruckt, weil mir unbekannt, hat mich auch der *Seeverkuttes*, also jemand, der unappetittlich isst und trinkt. Zum Wort selbst: In »Seever« steckt der Sabber oder Seiber drin, da kann man sich so richtig gut vorstellen, wie das aussieht, basses.

Sehr schön auch: *En Klabei* – eine Frau, die »dauernd auf Tour« sei. Wobei ich »klabeien« auch als »schwatzen, erzählen« kenne. Meine liebsten Schimpfbegriffe sind übrigens die einsilbigen – das passt zur Sprachökonomie des Eifelers, der ja nie gern zuviel sagt. Nochmal unsere Lünebacherin: *En Schlonz* – eine unordentliche Frau. *En richtich Schnüss* – eine ganz Freche. Und, mein persönlicher Favorit: *en Flumm*. Das ist eine Dame, die etwas kräftiger ausgefallen ist.

Genauso kräftig wie der Applaus für diese Zuschrift. Denn: Da kann man *net knottere*!

Et jit net jerannt.

Um es nicht zu vergessen

Heute sei einmal die rühmende Rede von einem tollen Projekt: Denn vor einigen Jahren hat sich in Üxheim ein Quartett zusammengetan, um einmal alles zu erfassen, was es so an Schönheit in der Sprache des Hillesheimer Landes gibt.

Die vier Verdienstvollen – Tusch! – heißen Alois Groß, Thomas Heintz, Hans-Leo Hilgers und Tilla Koch. Das gedruckte Ergebnis ihrer nun wirklich liebevollen Arbeit nennt sich »Öm et net ze verjääße« und umfasst ganz wunderbare Begriffe, Wendungen und Redensarten.

Ich sage nur: Fundgrube. Und daraus werde ich immer wieder mal zitieren. Zum Beispiel das hier: »En öss net d'r Maan.« Kennen Sie, oder? Je nach Landstrich wird es bestimmt etwas anders buchstabiert und ausgesprochen, aber die Bedeutung bleibt: Wer nicht »der Mann« ist, dem geht's grade nicht so doll.

Schön auch die Wendung für einen eher verschnarchten (und bestimmt auch: schisserigen) Typen: Der nämlich, man achte auf den militärischen Hintergrund, *jit net an dr Spetz erschoss*.

Und ein böses Weib heißt hier: *Bääßem*. Die sind natürlich total selten in der Eifel. Ich kenne jedenfalls kein solches Fraumensch, außer in … achwatt, verrat ich nicht.

Ebenfalls in dem herrlichen Werk vermerkt: Der Begriff »Übergewicht«. Der bedeutet in der Eifel bekanntlich nicht, dass man eine rundliche *Flumm* wäre – sondern das Gleichgewicht verliert: »Den Aal hätt et Üwwerjewiich krich on öss vom Heuwoan jefalle«. Und wie anders, aber genauso schön, ein ähnlicher Satz in Süd-Tonlage: »Eisch krut et Iwergewiecht un fol voom Haiwon.«

Man muss sich ein bisschen ranhalten: Viele Exemplare vom Buch gibt es nicht mehr. Aber wenn ganz viele danach fragen – vielleicht ist ja dann eine zweite Auflage drin...

So, Schnüss, Schluss.

Et jit net jerannt.

Wir schimpfen weiter

Unser Aufruf zum Schimpfwörterschicken hat weitere Ernte eingefahren. Sozusagen jede Menge linguistischer Grobmahd (*Gromet, Jeroomet*).

Wie die Einsendung von Gerd Ostermann aus Birgel, der in Mehren groß wurde. Er steckte uns ein paar sensationelle Begriffe in den Elektropostkasten: Zunächst die, wie er schreibt, »nuancierte Steigerung« des *Tooperts*, des Tolpatschs also, den *Troomert*, den uns auch Franz Jung vom »VHS-Arbeitskreis Eifeler Mundart« in Daun spendiert hat. Gerd Ostermann erklärt: »Während der Toopert eher gekennzeichnet ist durch (körperliche) Ungeschicklichkeit, ist der Troomert eher als Traumtänzer zu definieren.«

Jou, stimmt. Allerliebst sind auch weitere Mehrener Schlimmwörter: wie der *Fäierhutscher* – ein im Herbst geborenes Kind, das die ersten Monate hinterm Ofen hockend (»hutschend«) verbringe, sagt Ostermann. Und ergänzt: »Auch übertragbar auf Erwachsene ...« Sein Favorit, und auch meiner, ist der *Säikumpsdätscheler*, der »Schweinetrogstampfer«. Seine Vermutung: Das sei eine Tratsche oder ein Verleumder.

Beide, Ostermann und Jung, schickten uns auch die Begriffe für Eigenbrötler und Einzelgänger. Und die sind unterschiedlich, obwohl Daun und Mehren so nahe beieinander liegen. Typisch Eifel eben: *Eenpässer* (Daun), *Eetebesser* (Mehren). Ähnlich klingt auf der weiteren Liste von Franz Jung der *Kréppebésser*: ein verbissener Kleinigkeitskrämer.

Ein Rätsel können wir übrigens heute auflösen, dank – Moment, das darf ich leider nicht sagen. Der Leser aus Prüm will nämlich nicht genannt werden. Ich darf ihn aber als »den

Aalen van der Spitalstrooß« bezeichnen. Was sagt er, der weise Mann? Dass der letztens von Markus Igelmund erwähnte *hiermöödige* oder *heermedische »Hiermoot«*, ein Verrückter also, von »Hirn« und »müde« kommt. Klingt plausibel.

Dank! Et jit net jerannt.

Willkommen auf dem Dorf

So, heute wird noch mal ein bisschen rumgepampt. Pardon.

Und darum geht's: Gäste, Besucher, Stippvisiteure oder die Neu- und Wahleifeler. Das ist zuerst mal schön. Da sind viele dabei, die ich richtig gut leiden kann. Etliche von denen lieben die Eifel mehr als wir Eingeborenen, und manche tun das schon so lange, dass ich die längst unter »einheimisch« verbucht habe.

Allerdings … Ja, das muss jetzt sein. Doch.

Da gibt es jedenfalls so ein paar ... zum Beispiel die, die hier herkommen, um uns dann Vorschriften zu machen (der Eifeler hat sich das sehr lange gefallen lassen. Weil er dachte: Dat sin Städter. Die sin schlau, un mir han keen Ahnung). Und die uns am liebsten mit dem Ochsenkarren durchs Dorf bollern sehen würden, wegen Landidyll. Aber wehe, wenn der Ochs dann vor der Haustür in die *Kulang* kackt. Oder der Landmann sich ein paar Extra-Euro mit Windrädern verdienen will (obwohl: an manchen Stellen … egal. Wenigstens strahlen die Luftspargel nicht).

Zweitens die, die sich so herablassend freundlich an uns Dorfdeppen ranschmeißen, als wären wir ein versteckter Urwaldstamm, den sie gerade ganz allein entdeckt haben. Und sich dann wundern, wenn wir sprechen. Bei denen gibt es noch eine besonders unangenehme Untergruppe: Nämlich die Thekenbölker, die jeden mit ihrer brüllend lauten Art in Grund und Boden herzen und glauben, wir fänden das *janz doll*.

Und dann, tja, drittens: diejenigen Besucher, die »ja schon lange hier weg« sind. Die Ex-Eifeler, die jetzt so tun, als wären sie ganz abgezockte Stadthengste. Letztens traf ich wieder mal einen auf Heimatbesuch, bei dem mir schnell klar wurde: Der geniert sich dafür, dass er vom Dorf kommt. Und erzählt bestimmt in seiner neuen Heimat, er stamme »aus der Nähe von Köln«. Oder Trier, pfft.

Wat sachste da? Am besten: Tschüs. Et jit net jerannt.

Nur für Erwachsene

Leser, es geht um Sex. Jou. Im Volksfreund! Aber keine Angst, *Schmuddelspitter* und *Föttchesföhler* werden nicht auf ihre Kosten kommen.

Andererseits: Irgendwann muss das Thema hier ja mal angesprochen werden. Tut es doch sowieso andauernd in der Zeitung, wenn auch nicht so direkt: Es steht dann allerdings in der Regel ganz vorn (Familienpolitik). Oder hinten (Kachelmann).

Da fällt mir noch etwas ein, das ich damals in der Kolumne »Der Eifeler sieht fern« vergessen hatte: Gab es nämlich im Flachbildflimmerkasten einen Film, in dem es wieder allzu deutlich ums »Önneneröm« ging und die Darsteller dauernd »durch die Better jespronge« sind, dann lautet das Urteil: »Nömmen Souereijen! Nömmen Quatsch.«

Und doch: Gerade in der Eifel weiß man sehr genau, wie das funktioniert mit dem Quatsch, also der Nachwuchsherstellung. Gab es doch vor allem in früheren Zeiten etliche Familien mit noch etlicheren Kindern.

Jedenfalls sieht der Eifeler auch das Thema Sex (»Licht üss, Botz eraf!«) immer unter dem Vernunftaspekt (gelegentlich ist zu hören, das sei eine »Arbeit«, die wenigstens nicht staubt). Hier zeigt sich insbesondere seine Fähigkeit, alles erst einmal pragmatisch zu sehen und dann ganzheitlich, also von vorn bis hinten (und unten) durchzudenken.

Das gilt eben auch fürs ... Dingsen, das selbst den Eifeler zur ... sprechen wir es ruhig aus: Ekstase führen kann (muss ja. Siehe: Kinderreichtum) – und anschließend zu diesem seltsam leeren »Danach«-Gefühl. Der weltkluge Eifeler kann auch das perfekt auf den Punkt bringen, wie mir mein Onkel

Harry berichtet. Nämlich so: Hinterher meine man immer, »et wär net nüedisch jewäást«.

Vorher aber – heieiei! Viel Spaß also dabei! Und hier gilt ganz besonders: Et jit net jerannt!

Hört mir auf mit Hallo

Schönen guten Morgen, liebe Eifeler und Gäste! Seid gegrüßt, verlässliche Leser unserer kleinen Wochenpost, die ihr mit so klugen Kommentaren, zarten Zurechtweisungen, fantastischen Vorschlägen und anregenden, äh, Anregungen die Arbeit des oft verzweifelten, um Themen und Zeilen ringenden Kolumnisten begleitet, unterstützt und, ja, würdigt!

Gut, das war jetzt vielleicht ein bisschen übertrieben (»Hätt den se noch all?!?«). Aber immer noch besser als: »Hallo.« Das hat sich ja immer mehr eingeschlichen. Ich plädiere jedenfalls für eine andere Begrüßungskultur.

»Hallo«, pfft. Telefoniert da grade jemand? Oder grüßt der einen jetzt? Man kann ja nirgends mehr hingehen, ohne angehallot zu werden.

Nun weiß der regelmäßige Leser, dass ich gegen das Neue und zunächst Fremde nichts habe, wenn es was bringt (anders als bei diesem %$§*«!@!-Computer hier, an dem ich seit ein paar Monaten knechten muss, Dunnerkeil). Früher war auch nicht alles gut. Ich hätte zum Beispiel, um auf die letzte Kolumne des Vorjahrs (also die Letzte nach der Letzten) zurückzukommen, nicht im Jahr 1897 zum Zahnarzt gehen müssen wollen. Horror. Aber Hallo.

Aber dieses Begrüßungshallo ... Nä. Deshalb bleibe ich, diesmal, lieber beim Alten: Morjen, Tach, n'Abend. Oder dem herrlichen, nach hinten ansteigenden »Aaah!«, das gerne gegenüber Kindern verwendet wird: »Aaah, Fritzje … wie isset?«

Beenden muss ich diese Kolumne allerdings mit einem Abschied. Denn mein Nachbar Erich, der schon öfter hier zitierte Lieferant schönster Eifel-Einsichten, hat sich vom Hof gemacht und »Schmitz' Ecken« für immer verlassen. Unser Sträßchen wird nicht mehr das gleiche sein.

Dabei gefiel mir gerade seine extrem ökonomische Variante der Begrüßung immer so gut. Ich: »Tach, Erich.« Er: »Jou!«

Also: *Adjüss, bös elo jäng, eddi un merci!* Et jit net jerannt.

Freudige Erregtheit

Beim Landesfest gewesen, Leser getroffen, geil. Verzeihung wegen meiner Wortwahl, aber ich bin nun mal noch immer freudig erregt.

Außerdem: Nach den beglückenden, hoch(un)anständigen Reaktionen auf die Kolumne zum Thema Sex (Eifeler Intonation: »Sechs«) darf man ja auch mal etwas deutlicher werden. Wie Maria Leiff aus Leudersdorf, die uns noch eine Weisheit rüberschickte, die man ebenfalls gern zu hören bekommt, wenn es um das geht, was die Wissenschaft den »Akt« nennt. »Wenn se soss nix konne, awer dat konnen se all!« Hehe. Dankeschön!

Nochmal kurz zu dieser rheinland-pfälzischen Riesenfete, bei der ich früher immer dachte: Das ist ein bräsiges Fest mit tanzendem Gebäck und girlandigen Gebinden, das im Staatsfernsehen brav-putzig-bieder runtergesendet wird. War ganz anders! Schön nämlich. Auch weil so viele Eifeler einen ansprangen, ansprachen und anstrahlten.

Das war große Klasse, wie oft an diesem wahnsinnigen Feierwochenende unser Leitsatz in den Straßenschluchten der Welt- ... pardon: Waldstadt Prüm zu hören war, natürlich in allerlei Varianten, wie das ja nun mal in unserer kleinen Region mit den großen Sprachunterschieden so ist. *Jerannt, jeraant, geraant*, herrlich.

Ich weiß jetzt natürlich nicht, was die Pfälzer, Rheinhessen, Hunsrücker oder Westerwälder (Trierer hab' ich irgendwie keine bemerkt), sich dabei gedacht haben, wenn unser Motto mal wieder fröhlich über die Straße gebölkt wurde – aber das ist auch egal.

Zumal ich auch wieder was gelernt habe – am Pavillon des

Eifeldorfs im Gespräch mit der lieben Monika Horn aus Pronsfeld, der ich gestand, dass ich manchmal Schiss habe. Weil: Es könnt einem ja irgendwann nix mehr einfallen zum Schreiben. Sie konterte mit der Weisheit: »Dann fällt einem eben wat anderes ein.«

Genau. Eifeler Pragmatismus der besten Sorte.

Und jetzt noch einmal alle:

Et jit net jerannt!

Hochverehrtes Handwerk

Heute mal Handwerk: Als gelernter »Schullmeester« und jetzt zum Tastaturtünnes ab-, äh, umgestiegener Zeilenhengst verehre ich ja schon immer die Menschen, bei denen es zwischen Kopf und Körperextremität so gut fluppt, dass sie tatsächlich etwas auf-, um- oder einbauen können. Oder etwas Kaputtgegangenes flicken. Oder backen, sägen, leimen, schneiden, schweißen, schrauben, zimmern, pinseln, dichten, löten – und was es noch alles für Sachen gibt, mit denen man einen wie mich besser nicht betraut.

Weil: kein Geschick. Diese Typen aber haben das. Hinzu kommt bei einigen Zunftvertretern eine große, von lässigem Humor wie ein marmoriertes Steak durchzogene Weisheit. Ich bleib mal nur bei den Elektrikern, von denen über die Jahrtausende hinweg der Spruch überliefert wurde: »Als der liebe Gott sagte: ›Es werde Licht!‹, da hatten wir schon die Leitungen liegen!«

Noch so einer von vielen hervorragenden Eifeler Strippenziehern: Leo Kockelmann aus Fleringen. Der formuliert das, worauf es im Leben ankommt, nämlich so, wie hier wörtlich zitiert wird: »Et is nirjendwo schöner wie auf der Welt. Mer muss nur drauf sein un die Häuser wissen.« Tja. So isses. Merken, vor allem die Häuser!

Groß auch das Vergnügen, wenn Heribert Simonis mit flatternden Kittelschößen vom Schüllerer Berg herabgeflogen kommt, um unter scharfkantiger Kommentierung der aktuellen Welt- und Dorfereignisse etwas zu montieren. Da möchte man nur noch zuhören, muss aber gleichzeitig handlangern.

Letztens war mal wieder was im Eimer gewesen, er kam, machte es heil, sprang in seinen Kombi und schmiss den

Wagen an. Wir: »Tschüss! Und danke!« Heribert wuppte die Autotür zu, riss sie aber noch mal auf und konterte mit dem Spruch seines Opas: »Sitdem dat ›Danke‹ esu in Mode öss, sparen de Löck vill Jeld!«

Danke, hehe! Et jit net jerannt.

Garstiger Karst!

Wir kommen noch mal zurück auf die Sache mit den Landeiern, die keine mehr sein wollen. Also die, die es in die Stadt geschafft haben und jetzt so seltsam schenant mit ihrer Dorfherkunft umgehen.

Mir fiel dazu noch was ein: Manche von denen, auf seltenem Heimatbesuch, maulen dann ja immer – zum Beispiel darüber, dass sich »hier ja überhaupt nix« geändert habe. Und wenn sich dann doch was geändert hat, puupen sie auch rum, weil sie nichts mehr wiedererkennen. Jedenfalls ist immer alles verkehrt. Die haben vor allem das, was man in der Eifel zum Salatessen braucht, wie mir die Gattin steckte: nämlich nicht nur Messer und Gabel, sondern auch »en jruuß Moul«.

Ein vor allem spitzes Mäulchen hatte auch jenes Eifeler Mädchen, von dem uns ein anderes Eifeler Mädchen berichtet: nämlich die liebe Anita Adams, in Berlingen aufgewachsen und jetzt in Kirchweiler daheim. Sie hat uns die Geschichte geschickt (dankeschön!). Denn sie sei durch die Kolumne daran erinnert worden, dass ihre Eltern die früher immer erzählt hätten.

Und so geht sie: Ein junges Ding vom Dorf war in der Stadt »in Stellung« (auch so eine herrliche Wendung). Als sie nach einiger Zeit erstmals wieder die Heimat beehrte, sprach sie natürlich nur noch Hochdeutsch. Abschätzig schaute sie sich auf dem elterlichen Hof, Peisch und im Garten um und gewahrte am Gatter ein längliches Gerät. Während sie damenhaft zaunwärts schwebte, zeigte sie darauf und flötete: »Was ist das denn für ein Ding?« Schon war sie unten auf das Ding draufgelatscht – und peng, knallte ihr der Stiel gegen die Stirn. Und was rief unser Mädchen? Das: »Oh, dou Sou-Kaascht eloh!«

Kaascht – im Süden: *Kooscht*, manchmal auch *Haikooscht* fürs Heu – kommt übrigens von »Karst«, dem Begriff für ein zwei- oder dreizackiges Erdauflockerungsgerät. Damit wir hier schnell noch was gelernt haben. Klasse, Frau Adams! Darauf ein fünfzackiges: Et jit net jerannt!

Mild in der Birne

Den as mell an da Schirbel«, sagen sie im Eifelsüden. Und zwar zu einem, der eine weiche Birne hat. So jemand, um noch einmal auf die schöne Schimpfwörterliste von Heinz-Albrecht Becker aus Prüm zurückzukommen, ist dann oft auch ein Schwaduddeler, ein Schwätzer also. Oder: *en Schouten.*

Im Norden ist der gleiche Jeck »mell en der Bier« oder so ähnlich. Hat jedenfalls einen Knall, nicht alle auf dem Zaun oder en Schoss, also eine Schublade raus.

Mell, mill, das steht natürlich für: mild. Und wird in der Eifel verwendet für etwas, das gargekocht ist. Also die Kartoffel, pardon, die *Jeromper, Kromper, Schromper* und so weiter. Haben wir ja alles schon er- und geklärt, das mit den Grundbirnen.

Ich bin da drauf gekommen, weil ich mich seit viel zu langer Zeit schon frage, was wir angeblich so kernigen Teutonen eigentlich für bangschisserige Warmduscher sind. Kann gar nicht anders sein: Denn im Supermarkt, achten Sie mal drauf, gibt es in tausenderlei, ach was, *Millijuene* sind's, jedenfalls in allen möglichen Variationen »Joghurt mild«. Gern auch fettarm. Was praktisch die noch mildere Variante von mild ist.

Ist das eigentlich eine vorgeschriebene Bezeichnung? Oder hat es damit zu tun, dass der Deutsche Joghurtkäufer Angst vor vielleicht zu viel Geschmack kriegt, wenn da nicht »mild« draufsteht? Dass ihm der Schlabber vielleicht sonst irgendwie aggressiv vorkommt? Huch, Hilfe!

Keine Ahnung. Wenn du heutzutage jedenfalls einen richtigen Joghurt (der ja sowieso schon dermaßen, äh, mild schmeckt, dass man es nicht auch noch draufschreiben muss) haben willst, dann gehst du besser zu den Türken. Die haben sowas noch.

Bei uns aber gibt es nur noch die verweichlichte Variante. Mild! Schlimm! Da kriegt man direkt *Noupen* auf irgendwas unfein Grobes. Blutwurst! Mett! Hack! Zack!

Et jit net jerannt.

Solo für Südeifeler

So, es wird Zeit, einmal Buße zu tun und um Verzeihung zu bitten. Und zwar die Südeifeler. Weil ja die Leser jenseits des Jeromper/Krumper-Äquators (wie Vertrauensfrau Jutta Wirtz aus Gilzem das nennt) eigentlich von mir, dem rheinisch geprägten Nordeifeler, permanent vernachlässigt werden.

Und bevor ich es mir mit denen verscherze, bringe ich lieber den Vatikan gegen mich auf. Weil: Manche behaupten ja (passt auch zum Thema Buße), wenn der Papst spreche, dann klinge das wie Musik. Da sage ich: Die haben noch nie einen Südeifeler reden hören.

Wenn das, was Benedikt (von bene dicere, wörtlich übersetzt: gut sprechen) so verkündet, Musik ist, dann muss es Zwölftonmusik sein. Diese schwer intellektuellen Kompositionen, die nie zu Hits wurden. Weil sie irgendwie nicht swingten. Zumindest im Vergleich zu dem, was zwischen Krautscheid, Kruchten, Kyllburgweiler und Körperich, um mal nur ein paar Dörfer mit »K« zu nennen, geredet wird.

Aber Achtung: *Och Platt well rischtisch geschwaadt gen,* mahnt Jutta. *Daat ass neijst fier Dommkääp! Merk da daat!* Sonst kriegt man nämlich, wie ich letztens von der lieben Kollegin Ute Kuhnen aus dem fast schon mediterranen Landscheid, einen verbimst: *Ooh, dau Schauten!*

Das, Herrschaften, ist Musik! Wir hier im Norden verschleifen alles mehr. Ergebnis: ein meist lässiger verbaler Wellengang. Beim Südeifeler werden vor allem die Vokale dreimal gewendet und gedoppelt, bevor er sie rauslässt. Aus »ich« wird zum Beispiel »eisch«, hinzu kommt dann aber noch ein herrliches tonales Auf und Ab, so ein beschwingtdynamisches Tänzeln und Hüpfen, eine akustische Berg-und-Talbahn.

Ich sag's ja: Musik. Und wer das nicht schön findet, kann mir gestohlen bleiben. Oder, wie es Gabriele Heck aus Irrel viel besser ausdrückt: *Dou kans mir mol den Huuwel deien!*

Et get net geraant.

Die falsche Vergangenheit

Kraaschen Sie noch ein Bier?« Mit dieser freundlichen Frage einer geschäftstüchtigen Wirtsfrau, berichtet Nachbar und Kumpel Bernd, sei er vor vielen Jahren einmal daran erinnert worden, dass es nun aber langsam höchste Zeit sei für ein weiteres Malzgetränk.

Brav sagte er »dajöhh!« und amüsiert sich bis heute über diese herrlich falsche Variante der Vergangenheitsform von »kriegen.« Es muss natürlich korrekt heißen: »Krischten Sie noch ein Bier?«

Was mich aber auf ein ganz anderes Thema bringt, über das die Gemahlin und ich uns seit ewigen Zeiten immer wieder aufregen: Die nicht grammatisch, sondern inhaltlich falsche Vergangenheit.

Die bekommt, entschuldigung: kriegt man nämlich sehr oft bei Telefonaten mit fremden Menschen zu hören. Zum Beispiel wenn man irgendwo anruft, um eine bestimmte Person zu sprechen. Diese Person ist aber zum Zeitpunkt des Anrufs nicht im Haus, vielleicht gerade (auch so eine fiese Formulierung, bei der mir direkt jeglicher Appetit vergeht) »zu Tisch«. Noch schlimmer: »In einem Meeting« / »einer Besprechung«, was ja zudem fast immer gelogen ist. Versteckte Botschaft Nummer 1: Der ist viel zu wichtig, um jetzt direkt mit Ihnen zu reden. Sie stehen ganz unten auf der Liste, Sie Schmierant!

Jedenfalls will man dann mit dem Menschen am anderen Leitungsende abmachen, dass sich der gewünschte Gesprächspartner doch eines Tages zurückmelden möge.

Und dann sagt dieser Mensch, weil er natürlich nicht richtig zugehört hat: »Und Ihr Name *war* …?«

Versteckte Botschaft Nummer zwei: Den muss man sich

bestimmt nicht merken, Sie Schmierant!

Ich sage dann immer: »Mein Name IST. Und BLEIBT!«

Nämlich der, der hier obendrüber steht, direkt neben dem beknackten Foto.

Und der letzte Satz in dieser Kolumne bleibt natürlich auch: Et jit net jerannt.

Der Mann, der noch ein Bier kraasch: Bernd Schmitz.

Alles aus der Region

Heimat: Der Begriff ist ja lange »bäh« oder »basses« gewesen, was natürlich vor allem an den schlimmen Kitschfilmchen, Kitschgedichtchen, Kitschbildchen und der ganz besonders schlimmen Kitschmusik liegt, mit denen wir so in den vergangenen Jahrzehnten traktiert wurden. Und immer noch werden. Wobei ich den Eindruck habe, dass die neue Heimat der Deutschen irgendwie Schweden ist. Zumindest jeden zweiten Sonntag im ZDF.

Jetzt aber wird Heimat wieder schick. Heißt nur nicht mehr Heimat, sondern »Region« und ist auch schon wieder ein Modewort, das ich nicht mehr hören kann.

Wehe, wenn in einem Gasthaus was auf den Teller kommt, das unter dem Verdacht steht, nicht »aus der Region« zu sein! Wenn ich dann Kellner wäre, würde ich diesen Leuten gerne in die Parade fahren – pardon: »in den Hellender fahre«, also den (natürlich in der verdammten Region blühenden) Holunder, wie das garantiert regionale Gewächs namens Josef Hupperts aus Niederprüm sagt. Und ihnen antworten: »Ja, aber die Teller und das Besteck, die kommen leider nicht aus der Region. Soll ich Ihnen lieber die Zehrung direkt auf den Tisch knallen? Der ist nämlich aus heimischen Hölzern, die wir selbst von Hand gehauen, entastet, mit dem Pferdekarren auf kurzen Wegen zum Tischler transportiert haben und die dort unter Verwendung selbstverständlich umweltschonender Schutzmittel zu diesem traditionellen handwerklichen Produkt weiterverarbeitet wurden.«

Huch, ich muss aufpassen: Denn diese Kolumne ist natürlich, wie ich, auch aus der Region. Und, wie ich, für die Region. Und nachhaltig, weil man sie zweimal lesen kann und weil sie auf heimischem Altpapier gedruckt ist. Und von mir selber eingetippt. Für fast kein Geld!

Wie komme ich denn jetzt aus diesem Widerspruch wieder raus? Ach was, gar nicht. Einfach mal so stehen lassen und die Schnüss halten.

Et jit net jerannt.

Gott, die Welt und Tant Ann

Ich habe beschlossen, diese Kolumne auf den Weltmarkt auszudehnen. Und sie wenigstens diesmal auch für jene Leser interessant zu machen, die regelmäßig aus Rhein- und Ruhrgebiet bei uns einfallen. Gerade jetzt, wo ja Ferien sind.

Machen wir also kurz einen Ausflug nach Köln, das machen die Eifeler ja ohnehin ständig, wenn sie in eine richtige Stadt, also nicht nach Trier, wollen.

Da nämlich lebte und arbeitete auch die Gemahlin in jungen Jahren (also praktisch gestern) und wohnte mit ihrer Schwester zusammen in einer kleinen Bude, in der sie sich auch eine Bettstatt (»en Kau«) teilten.

Köln – dorthin hatte es aber auch Tante Annchen verschlagen, die aus Hersdorf stammte. Tant' Annchen zauberte, wie die Liebste heute noch schwärmt, die beste Bohnensuppe (Bunnezopp/-zupp, der Süden sagt auch Bungeschlupp) der Welt auf dem immer blankestgeputzten Herd des Universums. Und war zugleich, klassische Eiflerin eben, ausgekocht »wie en Peerdshändler op dem Maart«. So ergab es sich, dass die Schwestern einmal in der Woche bei der Tant' einkehrten, um die Zopp zu schluppen. Ebenso lecker und unvergesslich wie Suppe und Vorfahrin aber sei immer auch der philosophische Nachschlag gewesen, den Annchen den beiden hinterher mit auf den Weg gab.

Apropos philosophischer Nachschlag – hier erst noch schnell eine weitere Exkursion ins sprachlich ebenfalls sehr ergiebige Ruhrgebiet, zum Thema Bunnezopp: Dort lernte ich den schönen Satz: »Hülsenfrucht zum Abendbrot, sind morgens alle Fliegen tot.«

Zurück zu den Eiflern in Köln und dem Tantennachschlag:

Wenn die Mädchen dann nach Verzehr der Bohnensuppe und allerlei Verzäll wieder nach Hause gingen, rief ihnen die Tant, so gläubig wie weltweise, jedes Mal folgenden Spruch hinterher: »Haalt Jott für Oure (Augen) – und de Been zesamme!«

Und, haben die Weiber sich dran gehalten? Tja.

Et jit net jerannt.

Erst mal hinkriegen!

Was einer so macht, womit er sein Geld verdient, das wird ja nicht immer von allen richtig einsortiert. Vor allem, wenn es sich um eine Tätigkeit handelt, die nicht nach den Regeln der Physik mit »Kraft mal Weg« berechnet werden kann.

Eine Arbeit also, bei der man nicht sieht, wie einer schwitzend schwere Sachen schleppt. An denen er rumschraubt oder schweißt. Eine Arbeit, bei der er nichts zu melken oder zu beackern hat, bei der keine schweren Gerätschaften bollernd bewegt werden müssen, bei der man nichts zusammen- oder auseinanderbaut und am Abend davon rechtschaffen im Eimer ist. Platt, K. O. – was die Eifeler gern mit dem schönen Wort »bääd« beschreiben.

So jemand, wenn er sich auf den Weg macht, um sein Tagewerk zu verrichten (»schaffen gehen«), kriegt dann gelegentlich zu hören: »Jaja, wat ihr so schaffen nennt ...«

An dieser Stelle heischt der schamlose Kolumnist, stellvertretend für alle muskulär unterforderten Schreibtisch- und andere Tätigen, um Mitgefühl. Dem passiert das nämlich auch immer wieder. Und das mir – wo ich gerade die Handwerker so schätze. Was die können, da habe ich einen Heidenrespekt vor, sagte ich ja bereits.

Trotzdem ist es nun mal so: Wer nix »schweres« schafft, der gilt nicht immer viel. So erging es, wie meine Mama erzählt, auch jenem Mann, der sich eines Tages, einer Bagatelle wegen, vor einem Richter wiederfand.

Unser Angeklagter stammte aus Neureuth. Zu Beginn der Verhandlung fragte ihn der Vorsitzende, was er denn von Beruf sei. Antwort: »Ich bin Künstler!«

Nächste Frage: »Was ist das denn für eine Kunst?« Antwort: »Ich bin Korbflechter!«

Moment mal, meinte darauf hin der Amtsrichter – »Körbe flechten? Das ist doch keine Kunst!« Worauf unser Mann zurückgab: »Dann maacht ihr ens eene!«

Genau. Erst mal selbermachen, bevor man mault.

Et jit net jerannt.

Vermittu... Dingens

Weißte, wat dat schöne am Alter is?«, fragt mich Jakob Schneider aus Kerschenbach. »Mer weiß, wie et jeht.« Nun gehört Jakob, also Köbes, zu den (erst!) 60-jährigen Eifelern, die nicht nur wissen, wie es geht, sondern die es garantiert auch noch, äh ... *können*, wenn Sie verstehen, was ich meine.

Und weil er schon so reif und gut abgehangen ist (»aber noch lang net vernünftig«, ruft sein *Kusäng* Walter dazwischen), kennt Köbes außerdem noch das eine oder andere Wort, das es nur in der Eifel gibt.

Eines dieser Wörter ist ein ganz besonders schönes: nämlich »vermittelieren«, manchmal auch »vermittulieren« geschrieben. Aber das schreibt man ja sowieso nie, das sagt man nur, wenn sich dazu die passende Gelegenheit bietet.

Jakob benutzte es letztens, als die Hoffläche vor seinem Haus infolge einer Umgestaltung auf ein paar Quadratmetern neu gepflastert werden musste. Sein Junior und ein Kumpel waren mit der Aufgabe betraut worden, stellten aber während der Arbeit fest, dass die nachgekauften Pflastersteine an jeder Seite etwa einen Millimeter kürzer waren als die alten.

Jakob schaute sich das an und meinte nur: »Ja, dann müsst ihr eben *vermittelieren*!« Was die Jugend zunächst nicht verstand. »Vermittelieren« heißt natürlich in diesem Fall, dass man dann eben ein wenig kreativ mit der Fugenbreite umgehen muss, um die Sache hinzubekommen. Bisschen links, bisschen rechts – und alles passt.

Vermittelieren: einfach schön. Und echt Eifel – wie auch die Kerschenbacher »Rotweinwanderung« vor ein paar Jahren.

Nicht ins Ahrtal, Quatsch. Sondern rund ums Dorf. Und alle paar Kilometer stand da Köbes mit geöffnetem Kofferraum. Und was war da drin? Eben, deshalb Rotweinwanderung.

Huch, das Telefon klingelt, da muss ich ran ... ja bitte? Wen wollen Sie sprechen? Ah, ja klar. Der ist hier. Moment ... ich vermittuliere!

Et jit net jerannt.

Versteckte Werte

Wieder was Schönes aufgeschnappt: »Ich hann de Mutsch versoffe«, sagte letztens (oder: *demletzt*) ein prominenter, hoch angesehener und mir zutiefst sympathischer Jünkerather, der mit »Winfried Bauschen« nur unzulänglich beschrieben ist.

Da hat er ein feines Wort aufs Tapet gebracht. Nein, nicht »versaufen«. Sondern: Die *Mutsch,* weiter südlich *Moutsch* genannt. Das ist in der Regel ein Versteck. Oder ein dort verborgener heimlicher Schatz, ein Geldfund, mit dem man vielleicht gar nicht mehr gerechnet hatte und den man jetzt, siehe Winfried, fröhlich und unbelastet verprassen kann. Eine weitere Bedeutung von Mutsch/Moutsch ist Vorrat. »Eisch ho mir en kleen Moutsch gemach«, sagt der Südeifeler.

Apropos Vorrat: Da passt sehr schön die Erinnerung von Bernd Rehles aus Üxheim, der vom *Mittchen* oder *Mittschinn* erzählt: Also dem Henkelmann, den man früher mit Proviant fürs Mittagessen zur Arbeit mitnahm (Mittag: »Mittich«, daher wahrscheinlich der Name). Als Jugendlicher jobbte er nämlich zu Ferienzeiten beim Kalkwerk in Ahütte (»op dr Hütt«), wo er immer mit dem »Flöppche« hinknatterte. Eines Mittags habe ihn ein älterer Kollege gefragt: »Hürens, häste och ding Mitschinn dobeij?« Rehles' Antwort: »Nä, ich hann en Yamaha!«

Zurück zur Mutsch: Dem Begriff kann man in den etymologischen Wörterbüchern herrlich hinterherspüren: Im Althochdeutschen gab es bereits »muhhôn«, es stand in dieser und abgewandelten Schreibweisen für den Wegelagerer – einen Typen, der einem heimlich im Versteck auflauert. Und dass daraus dann auch der verwandte Begriff »meucheln«

wurde, überrascht da schon fast nicht mehr. Im Mittelhochdeutschen stand »mûchen« für verstecken, verbergen. Und ist natürlich verwandt mit »meucheln«. Oh mörderische, heimliche Hinterlist!

Hinterhältigkeit? *Hönnerwennisch-* oder *Hanawänischkeet*? Ach was, kennen wir hier nicht. Oder? Nä! Prost Bernd, Prost Winfried! Et jit net jerannt.

Ommes un Verlaad

Von ebenfalls zutiefst bezaubernder Seite zeigen sich Denken und Sprechen des Eifelers, wenn ihm die Dinge zu entgleiten drohen. Was natürlich selten vorkommt: Im Prinzip ist er ja ein extrem abgekühlter Charakter.

Wenn aber alles zu spät ist, dann … »Mer krett de Kiehr nemmieh!« Das heißt: Man kriegt, also schafft, die Kehre, die Wende, die Kurve nicht. Der Eifeler verwendet das immer dann, wenn er Stress hat. Stress sagt er aber nicht, sondern, im Norden jedenfalls: »Verlaad«. Was wiederum nichts mit dem Verladen von Ware oder Fracht zu tun hat. Oder doch? Falls ein Leser hier helfen kann, ich bitte darum.

Egal. Apropos »egal«: Das wird auch als Synonym für »gleich« verwendet: »Dat jit ejal« – das macht keinen Unterschied.

Jedenfalls: Wer verladen ist, wird vor anstehenden schwierigen Aufgaben (Prüfungen, Brautwerbung, Hochdeutsch reden) oder aber erfreulichen Dingen (Hochzeit, Geburt, Pils) unruhig, schaut mit Sorge oder Vorfreude in die unmittelbare Zukunft.

Bei uns heißt das: »Ech hann Ommes.« Dieser Ommes stammt, so meine ungeprüfte Theorie, von »emsig«. Das bedeutet zwar »fleißig« oder, höchstes Lob in der Eifel, »düchtisch«, also tüchtig, hat aber zugleich auch etwas hibbeliges: Stellt sich dabei doch auch das Bild von der Ameise, der Emse (siehe: Seck-, Seech- oder See-Ommes) ein, die einem durch die Botz/Bux krabbelt und Schmerzen, also Ping, verursacht.

Kriegen wir abschließend die *Kiehr*: Läuft ein Vorgang auf die Katastrophe zu (Bremsen gehen nicht mehr! Kein Klo in der Nähe!), dann hilft am Ende nur eins, und das weiß Heinz Haas aus Prüm: »Et jit loss jemaach!« – langsam nämlich. Oder »höösch«. Oder, wie Maria Leiff aus Leudersdorf rüberruft: »Sidech!«

Auf gut Deutsch: Et jit net jerannt.

Landschaft mit Schlaglöchern.
Rennen zwecklos.

Dowidder un zrücküh

Hrrrrmpf. Die Sache von vorletzter Woche muss aufgeklärt werden. Schauen wir also kurz rückwärts – oder, wie meine Oma Anna immer so bildhaft sagte: *zrücküh*. Denn da stand hier nicht die gewohnte Eifelkolumne, sondern eine von den Moselleuten.

Ein mittlerer Skandal. Und als mir das mehrere verlässliche Leserinnen in den kurzen (Arbeits- jawohl!) -Urlaub meldeten, da war ich, um auf vorige Woche zurückzukommen, *verlade wie en Mous om Mählsack* (eine Wendung, die uns Anita Adams schenkte, eine der aufmerksamen Leserinnen). Auch Maria Leiff (Löggischdorf) klagte: »Äresch schlömm« sei das gewesen.

Dabei war ich doch so stolz darauf, dass, egal wie, noch nie, nie, nie eine Eifel-Einsicht ausgefallen ist – und dann das! Dunnerkeil! Wie war's gekommen? So: Der Kollege in Trier, der die Samstagsseite baute, wusste nicht, dass ich trotz Urlaubs vorgeschafft und eine Kolumne hinterlegt hatte. Und nahm eben was anderes.

Da sitzt man dann in der Ferne, kann nix machen und möchte mit dem Schädel gegen die Wand hauen – beziehungsweise: *dowidder renne*. Aber dann dachte ich: höösch, ruhig, musste eben nach deiner Rückkehr die Sache aufklären.

Wobei das mit der Rückkehr diese Woche beinah nicht hingehauen hätte. Ich sage nur: Irene. Das ist keine Leserin, sondern der Hurricane, der letzte Woche durch New York *jerannt* kam (das spricht man übrigens Hörrikäin aus. Und nicht, wie immer alle sagen: »Härrikenn«). Genau an dem, Tag, als ich von dort abhauen sollte.

Bin ich eben über Chicago geflogen (wo es mal eine Eifelvereins-Ortsgruppe gab*). Der Airport da heißt übrigens O'Hare. Da sind wir dann auch sprachlich fast schon wieder daheim: »*Oh Häär!*«

So, alles wieder gut? Pardöngchen nochmal. Und die Amis hab ich auch missioniert. Bei denen klingt das so: Ät yit nät yeraannt! Yeah!

**Auf diese Kolumne erhielt ich eine schöne Zuschrift von Franz Jung aus Daun. Zitat: »Die von Ihnen am letzten Wochenende erwähnte Ortsgruppe des Eifelvereins in Chicago wurde von einem Vetter meines Vaters, Jakob Leo Jung, 1911 gegründet. In der Festschrift zum 20-Jährigen 1931 sind auch Mitglieder namens Linden verzeichnet.«*

Chicago. Da muss ich noch mal hin.

Verlade wie en Mous om Mählsack.

Wir sind alle Engländer

Ich muss noch mal mein Steckenpferdchen prügeln – oder, wie wir sagen, »schmicken«: Nämlich das mit den Wörtern, bei denen das Eiflerische eine so wunderbare Internationalität erhält.

Wussten Sie zum Beispiel, dass die Kreisstadt Daun von der Wortherkunft mit dem englischen Begriff für »Stadt«, also »town« verwandt ist? Und auch mit dem französischen Lyon? Und dass das von der keltischen Endung »-dunum« kommt? Die wiederum soviel bedeutet wie »Zaun«?

Aus der Dauner Kante, um für einen Moment dort zu bleiben, schickt uns Alois Mayer auch den Begriff »Schnähl«. Steht für Schnecke. Und die heißt auf englisch, hooray: »Snail«. Toll.

Die Scheeß oder Schääs ist das Auto. Das hat uns natürlich der Franzos' vererbt: mit seiner »Chaise«. Wie auch, und da muss ich meine Vermutung aus der vorvorvorigen Kolumne korrigieren, das »Mittchen«. Es kommt nämlich von »marmite«, dem Kochtopf, wie Schulfreundin Anita aus Großlangenfeld klarstellt (danke!). Der, je nach Eifelregion, Molten, Moltropp, Moltas, Moltrow oder ähnlich geschriebene Maulwurf hat dann wieder im Englischen einen gleichklingenden Kumpel, den »mole«, der dort wie hier ständig Hügel, also »Hüwwel« oder »Hiwwel« ins Grün wühlt.

Es wird aber noch unheimlicher. Denn, wie Peter Trauden aus Heilbach uns schreibt, steckt in unserem »Kneipchen«, dem besonders scharfen kleinen Küchenmesser, das englische »knife«. Beides heißt Schnippelwerkzeug, der Brite spricht es nur ohne das »k« am Anfang aus. Noch eine schöne Ergänzung von Peter Trauden: »Zum Schinken sagen wir

Hamm oder Haam.« Und wie heißt der auf der Insel? Yep: Ham.

Ham...mer wieder wat jelernt. Ich grüße nach Heilbach, Daun, Großlangenfeld und in den Rest der Eifel – und schließe mit Peter Traudens grandioser Empfehlung: »Stüllepen Sie nicht über den Moltrowshiwwel!«

Oder, wie immer:

Et jit net jerannt.

Die Eifeler Eröffnung

Den Eifeler Satzbau (Fachbegriff: Syntax) zeichnen drei Elemente aus: Stabilität, Kürze, Prägnanz. Da kommt nix ins Kippen oder *Jitschelen*. Ein Beispiel dafür ist das, was ich ab sofort als »Eifeler Eröffnung« in die Geschichtsbücher eingetragen sehen will. Und die geht so: »Saach hüer ens ...!« Südton: »Soa hier ees ...!« Auf Hochdeutsch also: »Sag hör mal ...!« Sagen und hören – zwei Verben in einem Satz mit nur drei Wörtern: sauber!

Dieser zart inquisitorisch klingende Eröffnungszug bedeutet: Ich hätte da mal eine Frage. Und zwar von der Art, wie sie einmal Rosemarie Treitges bei einem Theken-Abend mit ihrer Gerolsteiner Clique gestellt wurde. Mit am Tresen, so berichtet sie, habe nämlich ein älterer Eifeler gesessen und das lebhafte *Gebatschel* mit »relativ unbewegtem« Gesicht ertragen. Womit sie übrigens einen der beiden Eifeler Gesichtsausdrücke beschrieben hat (der andere ist: »unbewegt«). Dann aber bewegte sich der untere Teil des Gesichts doch und formulierte folgende Frage: »Welche doch wohl hoffentlich miteinander verheirateten Menschen, unbekanntes Frauenzimmer, sind denn für Ihre Elternschaft verantwortlich, wenn nicht gar haftbar zu machen?« Äh, nein, so formulierte er das natürlich nicht. Sondern, siehe Prägnanz, so: »Wem sengt bas dou dann?«

Womit wir noch einmal beim Nachwuchs sind, also den »Pänz«. Eine in diesem Zusammenhang tiefe Einsicht äußerte vor vielen Jahren einmal Walter Schneider, der hier ja schon öfter zitierte Ortsbürgermeister des Dörfleins Kerschenbach, gegenüber meinem Vater, als dieser vermutlich wieder einmal angesichts seiner drei aus der Spur laufenden

Kinder den Kopf geschüttelt hatte: »Deng Pänz«, sagte Walter, »die kaan mer net erzeehje.«

Und er hatte auch die schönste aller Begründungen dafür, weshalb unsere (heute!) seit 50 Jahren fröhlich verheirateten Eltern ihre Pänz nicht erziehen konnten: »Die hann zo vill *Drall*.« Stimmt.

Et jit net jerannt.

Ein Prost auf Mamm und Papp
zum 50. Hochzeitstag.

Dingen, Dongen, Döngen, Dangen

Ich schlage vor, dass wir eine neue Auszeichnung aus der Taufe heben: Den großen Eifeler Integrationsorden am Schlopp (für die Ahnungslosen: Schlaufe). Für Menschen, die gegen jede Wahrscheinlichkeit zu Eifelern wurden.

Ich hätte auch schon einen Vorschlag für den ersten Träger: Wolfdieter Schmitt, wohnhaft in Hillesheim. Nicht nur, weil er mich, den in dieser Hinsicht schon reich Beschenkten, mit einer weiteren wundervollen Zuschrift beglückt. Sondern weil er, jawohl, aus Trier stammt. Und dass sich ein Trierer in der Eifel wohl und heimisch fühlt, dass er sogar ihre Sprache zu lieben lernt, das ist eine Leistung, die ich mir bisher gar nicht vorstellen konnte. Also bei Trierern. Bei anderen schon.

Vor 50 Jahren, schreibt Herr Schmitt, habe es ihn als Schullerer zunächst nach Boxberg (noch so ein Granaten-Ortsname) verschlagen, wo er den gesamten Nachwuchs in einer Klasse unterrichtete. Eines Tages fiel ihm das kleine Pittchen aus dem ersten Schuljahr auf, das unruhig in seiner Bank herumrutschte. Begründung: »Ming Hose rutsche!« Schmitt schaute unter die Bank, die Hose saß prima, aber Monika aus dem siebten Schuljahr klärte ihn auf: »Herr Lehrer, bei uns sin die Hosen die Strümp un en Hos is en Bux.«

Hossa. Und er liefert uns noch ein schönes Wort: Das Dingen, Döngen, Dongen oder Dangen – in Zeiten vor der Totaltechnologisierung verwendet für alles, was es so an Apparaten gab.

Das habe er Mitte der 1960er Jahre in Salm gelernt, als dort »Puss-Matthes« das kleine Postamt leitete, und zwar als Nachfolger seiner Mutter Katharina. Und als die in den 20ern das erste Telefon im Dorf erhielt, habe sie sich bei den ersten eingehenden Anrufen immer so gemeldet: »Hei as Sallem. Et Kathchen as am Dangen. Wän as elo?«

»Ist das nicht schön?«, schreibt Wolfdieter Schmitt.

Das ist schön, Herr Schmitt.

Sehr schön sogar.

Danke, Tusch, Orden.

Et jit net jerannt.

**Schön war auch, wie Herr Schmitt seinen mit noch mehr feinen Anmerkungen versehenen Brief beendete. Ich zitiere: »PS: Bitte übersehen Sie etwaige Tippfehler, ich übersah sie auch.« Herrlich.*

Laufend passiert überhaupt nix

Man muss schwer acht geben, wenn man unbedarft etwas hinschreibt. Dann holt es einen nämlich manchmal ein. Wie neulich die »Mous im Mählsack«. Und was war diese Woche? Eine Maus im Haus. Genauer: in dem großen Plastikeimer, in den wir immer unseren Gelbersackmüll stecken. Und die war, genau, »verlade wie en Mous im Mähl- oder jellen Sack«, weil sie da nicht rauskam.

Großes Rätsel: Wie kam die überhaupt da rein? Und das an dem Tag, an dem ich Günter Grass (»Katz und Maus«, »Die Rättin«) treffen sollte? Egal: Das Tierlein versuchte voller Verzweiflung, aus dem Eimer rauszuspringen, kam aber immer nur bis zur halben Höhe. Ka-Fummmp! So hörte sich das an. Nun haben wir Erfahrung im Tierebefreien: Spätsommers fängt man ständig Riesenspinnen, um sie in die Welt hinaus zu bugsieren, bevor sie einen auffressen können. Dann, vor ein paar Wochen, zum zweiten Mal bereits, ein Vöglein aus dem Kamin gerettet.

Und jetzt morgens beim Kaffeemachen: Ka-fummmp! Da der Eimer leicht durchsichtig ist, konnte man das Tier sehen, aber nicht erkennen. Erster Gedanke: Wenn das eine Spinne ist, dann ist die aber VERDAMMT GROß! Erste Maßnahme: Schnell ein Stück Zeitung drübergelegt. Und dann mal vorsichtig reingeschaut: Riesenspinne? Megainsekt?. Ach was, Mäuschen. Ich taufte es Günni.

Also habe ich Günni rausgetragen und in die Freiheit entlassen. Zack war er über die Straße, in den Garten, und ist dann wahrscheinlich direkt von einer asozialen Nachbarskatze verfrühstückt worden.

Aber vielleicht hatte Günni ja auch Glück. Denn, wie meine

liebe Kollegin Rebecca Schaal schreibt: *Wie flutt ass neist passiert!* Eine dieser echt Eifeler Weisheiten, die so herrlich paradox die Welt erklären. Oder, wenn man auf jemanden wartet und sich niemand zeigt: *All Moments koom keener.*

Mach et jut, Günni.
Et jit net jerannt.

Endlich ist mal Wetter

Wir haben bisher noch kaum vom Wetter gesprochen. Wenn man bedenkt, wie lange unser Wochenbrieflein schon hier auf dieser gemütlichen Eifelseite erscheint, will ich das mal als Leistung bezeichnen. Wenn's sonst schon keiner macht.

Jetzt aber: Wetter! Und gemütlich, gutes Stichwort: Heute Morgen prügelte der Wind die Regenfäden so dermaßen gegen die Schlafzimmerscheiben, dass man erst noch mal das wärmende *Gehöschnis* der Hauptbezugsperson aufsuchte. Draußen »jaacht et«, wie man bei uns sagt, und drinnen dreht man noch mal bei.

Apropos draußen und drinnen: Die Liebste war es auch, die mir eine typisch Eifeler Mahnung überlieferte, die sie wiederum von ihrem Vater hat:
Der berichtete nämlich gern und grinsend von jenem besorgten Volksschullehrer, der seine Schützlinge, beim Hochdeutschversuch charmant scheiternd, mit folgenden Worten vor Sturmwetter unter Dach zu halten versuchte: »Kinder, bleibt *labinnen! Labaußen,* da *stippt's!*«

Wenn es »jaacht« und »stippt«, also stiebt, dann ist meistens Herbst. Ähnlich »Stöppen«, da steckt der Staub drin, der aufgewirbelte, und das sagen wir ja auch, wenn wir jemandem ordentlich was zwischen die Hörner geben: »Den werden ech elo joot stöppe!«

Womit wir schon fast am Ende sind – und bei den Abschiedsformeln, die auch gern von Wetter und Jahreszeit bestimmt werden. Zum Beispiel die schöne Wendung »boss/böss den Heerest/Herrest« – wenn man nicht so genau weiß, wann man sich wiedersehen wird.

Und natürlich bei der Aufforderung, sich zu benehmen: *Schottelier dech! Hädel dich bluss! Betroot öch! Ech well nüüst hüere!*

Oder, wie Roswitha Zens ruft: »Scheck dech!« Und, zum Wetter passend, der Satz von Bernd Rehles, dessen Mutter immer warnt: »Pass op! Et is Jewitterluft!«

Et jit net jerannt.

Wenn *es* stürmt und *jaacht*, ist meistens Herbst.

Vom Jammern und Kühmen

Oh jömmisch nää ... das, in allerlei Varianten, ist der klagende Ausruf des Eifelers, wenn ihm ein Unglück oder Ärgernis zugetragen wird. Woher kommt's? Vom Jammer, klar.

Jammern: *jömere, bauze, kriische, wiemere, knottere, kühme/kieme*. Eine Untugend, der sich auch der linksrheinische Landmensch schuldig, bzw. *schöllisch* macht, wenn auch extrem (!) selten. Was mich zu jenem, natürlich total aus der Luft gegriffenen Witz bringt, den man über die Bauern erzählt: Warum nämlich für die der Februar der schlimmste aller Monate sei. Antwort: Da haben sie zwei Tage weniger »füer ze Kühme.«

Allerdings haben sie ja oft einfach recht: Wenn es ihnen, wie uns doch auch andauernd, mal wieder *net daar jeht* und sie finanziell *füer widder und hönne bej* sind, wenn Ärger, Stress und *Huddel* einfach kein Ende *holen* wollen. Dann hat man auch keine Ressourcen, um sich was Schönes zu kaufen, also zu *jelle*. Sich wat *jellen*: Das kommt nicht vom »Geld« sondern vom »Entgelt«, das man entrichtet. Gell?

Wie ich es letztens sehr gerne tat, als ich bei Familie Schomer in Lasel (schöne Grüße!) im Auftrag meines Brüderleins ein Quartett beeindruckender (Achtung, Eifelplural:) »Hahnen« erstand. Einen haben wir im Familienkreis verputzt. Mann, war der lecker. Und hat natürlich ganz zu Recht mehr gekostet als die armen Schrumpftierchen, die man woanders kriegt. Weil ja immer alles billig sein muss.

Da soll man nicht zum *Knotterdöppen* werden. Also, hin und wieder muss es raus. Da darf dann mal gejömert werden. Nur eines lässt auch der Eifeler keinem durchgehen:

Mankieren, mangeere – also: einem was vormachen. Oder, wie das bereits gerühmte Wörterbuch aus dem Hillesheimer Land mahnt: »Nou mankier hej net dr Kranke!«

Et jit net jerannt.

Ein Eifeler Hahn. Mehrzahl: Hahnen.

Was dringend mal raus muss

Wollen Sie mal was ganz Fieses lesen? Ja? Echt? Gut. Ich versuche das auch so zu umschreiben, dass Sie nicht direkt wieder aufhören müssen.

Aber es muss jetzt einfach mal raus. Und zwar *möt der Jewalt*: Es ist nämlich leider so, dass man gelegentlich auf gemeinsam genutzten Aborten (»om Klo«) ein paar Dinge erlebt, die gar nicht schön sind. Dass zum Beispiel rein formal und ausweistechnisch bereits erwachsene Menschen sich auf dem stillen Stinkeörtchen so benehmen, als hätten sie nie eine Kinderstube gehabt.

Jetzt mal unter uns, Leute, wir können ja offen reden: So manch eine herrschaftlich durch die Tür strebende Gestalt, die einem vorne schön tut, wird hinten raus, also auf dem Pott, zum totalen Ignoranten, den es einen Kehricht kümmert, ob da nach ihm auch noch jemand drauf muss. Zum fiesen Möpp, zum Knuselspitter, Klobürstenphobiker, zum – Sounickel. Oder auch: Souledder. Dem es offenbar vollkommen egal ist, wer nach ihm die Schei... äh, Chose wegmachen muss.

Dazu nur eins: Bremsspuren gehören auf die Rennstrecke, von mir aus auf den Nürburgring (da ist ja sowieso schon genug Driss gelaufen, was die Millionen betrifft). Aber nicht in die Schottel, verdammt!

Eine etwas andere Bedeutung als Sounickel hat ein ähnliches Eifeler Wort. Nämlich, wie mich die liebe Doris Schöppner aus Hillesheim informiert: der Söüert (da ist sie wieder, die herrliche »ö-ü«-Kombination).

Den benutzt ihre Mutter Franziska nämlich für all die fummelfrohen Föttchesföhler, die ihre Finger nicht bei sich halten können und immer nur an »Sechs« denken. Und die hätten nix in der Zeitung verloren, obwohl ja ständig drüber berichtet wird (wie letztens bei dem Franzos'), denn: »Die jit et op jedem Dorf.« Jou. So, Sense mit den Sauereien. Lassen Sie sich zur Ablenkung den linden Herbstwind durch Haar und Nase wehen und denken Sie an was Schönes.

Et jit net jerannt.

Im Kreislauf der Verwertung

Hart waren die Zeiten, karg der Ertrag: Der Eifelmensch hatte es nie leicht. Das führte dazu, dass auch heute noch den meisten eine gewisse Genügsamkeit in den Genen sitzt, selbst wenn sie längst nicht mehr von dem leben, was die schrundige Scholle so hergibt. Man ist mit wenig zufrieden. Vor allem mit wenig Geschwätz, sehr angenehm.

Die Sparsamkeit resultierte in der bereits beschriebenen Überzeugung, dass sämtliche Handlungen jenseits reiner Notwendigkeit (als nur *für der Spass*) kritisch betrachtet werden (siehe *onniedisch* oder *unnüedisch*).

Auch der im Hochdeutschen so poetische Satz: »Der frühe Vogel frisst den Wurm« wird in der Eifel auf die nackige Kernaussage reduziert, wie mir letztens Müllerkarl beim Frühstückseinkauf, samstags fünf nach sieben, noch einmal klar machte: »Wenn fröh op öss, den öss fröh im Verzehr.«

Verzehrt wird natürlich vor allem das, was uns Rind und Schwein unfreiwillig zur Verfügung stellen: *Wuuescht*. Darauf kam ich durch den Brief von Dieter Bernardy aus Hillesheim (dankeschön!), der uns berichtet: »Wenn wir uns zuhause über vergangene Zeiten, in denen unsere Kinder noch nicht geboren waren, unterhalten und unser Jüngster fragt, ob er damals schon mit dabei war, gibt´s als Antwort: *Do worst dou noch in Abrahams Wuuschtkessel!*«

Das Interessante daran ist, dass das Leben nicht nur in Abrahams Wurstkocherei seinen Ursprung hat (eine Theorie, mit der sich manche Herrschaften ruhig mal befassen könnten: Die ist jedenfalls realistischer als der kreationistische Quatsch vom »Intelligenten Design«, das angeblich hinter allem Kreuchen und Fleuchen steckt) – nein, in letzter Konsequenz läuft es nämlich, welch zauberhafte Zyklizität, wieder auf den Kessel hinaus: Dachte ich jedenfalls, als *Panz*, als mich einmal zwei starke Kerle packten und riefen: »Jetz küsste in de Wuuescht!« Ich sah mich schon in den Kessel flutschen, konnte aber im letzten Moment entkommen.

Et jit net jerannt.

Nix für Takeschesser

Wenn Traudens Pitter da unten in Heilbach so weiter macht, werde ich ihn als Urlaubsvertretung einspannen. Einfach schön, was er schreibt: Es scheine nämlich, als sei in letzter Zeit »eine veritable Eifelmania ausgebrochen, verbunden mit dem Erlernen des aufrechten Gangs, was den Vergleich mit anderen Regionen angeht«. Ha, gut so!

Apropos Pitter: Sehr gut auch, was er über Vornamen sagt – und wie diese oft verallgemeinernd mit negativen Attributen ausgestattet werden. So wird aus Peter, Johann, Michael und Nikolaus zunächst Pitter, Hannes, Mechel und Neckel. Und dann: Lieje- und Dreckspitter (ich ergänze: Knuselspitter), Schlaumechel und Dommneckel (oder Sounickel), Schlappjannes. Wobei Hannes auch ohne Zusatz als Bezeichnung für Typen verwendet wird, denen man »net von zwöllef bis Mettech«, also Mittag, zu trauen bereit ist.

Solche Namen, schreibt Peter Trauden, ertrage nur, wer »keen Takeschesser« sei (also einer, der gern warm am Ofen und der Takenplatte sitzt). Sonst sei die Seele schnell verwundet. Au, schon sind wir bei Verletzungen: Von den Striemen im Gesicht und an anderen Stellen, also Schrööm und Schronnen, hatte ich ja bereits berichtet. Er ergänzt die Liste um »Reff«, also den Wundschorf, und den »Bascht« – die kältebedingt aufgeplatzte (also geborstene, daher der Bascht) Haut an unseren Griffwerkzeugen: »Esch hann de bascht an de Fangeren.«

Am Ende hat er mir sogar ein vor Monaten gestelltes Rätsel gelöst. Darüber freue ich mich besonders, denn ich hatte schon gar nicht mehr darauf gehofft: Nämlich die Frage nach dem »Leizgeheier«. Den kann man auch anders buchstabieren: Leits- oder Leggsgeheier. Da wird's dann schnell deutlich: Einer, der den Leuten (Leit, Legg) ganz ungeheuer auf die Nerven geht.

Das will ich wiederum nicht, deshalb versenke ich mich nun in tiefe Meditation, was der Eifeler natürlich anders nennt: meditieren? *Simulieren!*

Et jit net jerannt.

Dann eben zu Fuß

Schnell noch mal nach Köln: Ich habe da nämlich mal einen Dialog erlebt, den ich mir in der Eifel einfach nicht vorstellen kann. Jedenfalls hoffe ich sehr, dass man hier nicht so miteinander umgeht.

Das war vor ein paar Jahren an einer Straßenbahn-Haltestelle am Stadtwald. Während ich über den Bahnsteig spazierte und mich dem Wartehäuschen näherte, sah ich auf einer Bank daneben ein Pärchen sitzen. Ein Mann, so um die 50 Jahre alt, daneben eine Frau, Mitte 70, offenbar die Mutter.

Die Mutter sagte nichts. Der Sohn laberte. Ohne Ende. Pausenlos prügelte er mit Worten auf die alte Frau ein und meckerte in unfassbarer Weise an ihr herum. Tenor: »Du mooß disch nit wundere, du bis dat alles selber schold. Du mit denger verdammter Niedertracht. Mit dir well keener jätt ze donn hann.«

Und so weiter. Sohn putzte Mutter runter, Mutter sagte nichts, *hutschte* immer mehr in sich zusammensinkend auf der Bank und blickte starr zu den Gleisen hin.

Aus der Ferne rollte die Bahn heran. Der Sohn meckerte immer noch und überzog die Mutter mit allerlei weiteren, erstaunlich ideenreichen Schimpfkanonaden. Die Mutter schwieg.

Die Bahn kam ratternd zum Stehen. Der Sohn stand auf, weitermaulend, und versuchte die Mutter zur Tür zu bugsieren. Und maulte, maulte, maulte. Und endlich machte auch die Mutter den Mund auf.

Und was sagte sie? »Ech jonn zo Fooß.«

Gute Antwort. Aber ein schlechter Umgang. Vielleicht habe ich so einen Dialog ja hier noch nie gehört, weil es bei uns keine Straßenbahnen gibt. Aber hoffentlich auch aus anderen Gründen.

Das war jetzt schwer moralisch. Tschuldigung, kommt nicht mehr vor. Trotzdem: Nicht so viel schimpfen. Anders gesagt: Et jit net jeschannt.

Und jerannt sowieso net.

Verwirrung der Geschlechter

Der, die, das: Das sind die bestimmenden Artikel, also die Wörter, die uns ankündigen, ob etwas männlich, weiblich oder sächlich ist. Aber was kümmert uns die korrekte Zuordnung der Genera, also der grammatischen Geschlechter. Wir bauen uns das alles zusammen, wie es uns passt (wären wir doch nur mit allem so locker).

Ein Beispiel: Dat Mensch. Das »Dat« meint hier selbstverständlich eine »Sie«, eine Frau, genauer: ein Fraumensch, allerdings kein gutes. *Dat dat dat darf!* »Dän Bock« ist, auch wenn es männlich klingt, nicht unbedingt ein Kerl, sondern kann ebenfalls eine weibliche Person bezeichnen, sofern sie eine besonders sture ist. Andere Variante: *en Knüüles.*

»Die Fräusch« ist kein Frauchen, sondern der Frosch. »Die Baach« – der Bach. »Die Aap« der Affe. Und war, weiß es noch jemand?, der Spitzname eines lustigen Kölner Boxers, der, ohne Quatsch, mal an einer Haltestelle in der Domstadt hinter meiner Mama und mir aus einer Hecke klabastert kam. Gehauen hat die Aap (Peter Müller, dreifacher deutscher Meister im Mittelgewicht) uns aber nicht.

Überhaupt werden die Herren der Eifeler Schöpfung gerne mal verweiblicht: »Die Rööb« ist hier die gern genomme Bezeichnung für jemanden, der eigentlich Robert heißt, und verleiht ihm zugleich etwas sympathisch Rübenhaftes.

Auch im Lebensmittelbereich halten wir uns längst nicht immer an die grammatischen Vorgaben: Die Schönk (der Schinken), die Schaloot/Zalot (der Salat), die Soumallek (der Löwenzahn, im Süden »Eiaplouschen« u. a.), die man auch in die Schaloot tun kann, was dann aber nicht so affig klingt wie »Rucola«. Dat Schaaf wiederum ist kein wollenes Wesen, sondern der Schrank. Und in dem befindet sich nicht die Schublade, sondern dat Schoss.

Und wer raderdoll ist, der hat »en Schoss erüss«, ob Kerl oder Fraumensch.

Jetzt halt ich das Mau… nein, die Moul. Et jit net jerannt.

Zugabenteil

Wie es überhaupt dazu kam: Die Entstehung des Eifelers

(Der Text ist ein geänderter und erweiterter Auszug aus dem Artikel vom August 2001, zum Start der Serie »Was ist ein Eifeler?«)

Der Eifeler: Sagenumwobenes Wildwesen, gestählt auf kargem Acker. Hart im Nehmen, knapp im Geben – zumindest, was sein Kommunikationsverhalten betrifft. Und wenn er doch mal spricht und ganze Sätze wagt, dann kündet sein Akzent, den zu verbergen er nie lernte, von seiner hinterwäldlerischen Hügelherkunft.

Ach nein, lassen wir die rundgelutschten Klischees einfach mal beiseite, denn so sind wir ja gar nicht. Jedenfalls nicht immer. Sondern ein vielfältig' Volk, das ebenso bunte Ursprünge hat.

Deshalb die Frage: Wie kam der Ur-Einheimische eigentlich zustande? Die Antwort: Er ist, obwohl man es sich angesichts der vergleichsweise überschaubaren Besiedelung seiner Landstriche kaum vorstellen kann, eine wilde Mischung aus allem, was hier jemals lagerte.

Und hier lagerten so einige: Germanen, Kelten, Römer, Franken, Franzosen – sie alle haben bei der Entstehung des Eifelers mitgemengt und einen wunderbar vielfältigen Gen-Pool angerührt.

Das jedenfalls ist die historische Wahrheit. Andere verlassen sich da lieber auf das, was der Dichter Josef Schregel schrieb: In seinem Stück »Dä ietzte Eefler« (Der erste Eifeler) nämlich ist für die Genesis des linksrheinischen Landmanns kein Geringerer als – wir sind in einem sehr katholischen

Landstrich – der liebe Gott persönlich zu verantworten.

Der Herr nämlich gelangte eines Tages inklusive Jüngern in die Eifel und sah, dass sie leer war. Keine Menschenseele bevölkerte das wilde Hügelland – eine Täuschung, der manch ein gehetzter Durchreisender noch heute aufsitzt, wenn er nicht genau hinschaut. Das konnte so nicht bleiben: Der »Härgott« nahm einen Ast, klopfte drei Mal auf einen Stein, sprach »Werde, werde!«, und aus dem Mineral ward der Eifeler geboren.

Der aber – frühes Anzeichen einer gewissen Renitenz, die seinen Nachfahren ebenfalls nachgesagt wird – lehnte sich direkt auf. Denn anstatt dem Lieben Gott zu danken, begann er sofort zu stänkern: Sollte der Herr es noch einmal riskieren, ihn mit dem Stecken zu traktieren, »Kriss du et met mir ze dohn!« (... kriegst du es mit mir zu tun!)

Jurassic Landkreis!*

*(*Meine vermutlich erste Kolumne im Volksfreund – von Samstag, 18. Mai 1996. Thema: Die damaligen – und zunächst gescheiterten – Bestrebungen, den Kreis Daun in »Vulkaneifelkreis« umzubenennen. Landrat war zu dieser Zeit Albert Nell.)*

Die geplante Umbenennung des Landkreises Daun in »Vulkaneifelkreis« ist erst der Anfang: Die Kreisverwaltung prüft zurzeit weitere Maßnahmen und PR-Aktionen, allen voran die sofortige Umbenennung des Gemündener Maars in »Loch Nell« sowie des Totenmaars in »Stilles Wasser« (gesponsert von »Geröllsteiner«), und der Hirsch- und Saupark arbeitet in Kooperation mit dem Eifel-Zoo in Lünebach bereits fieberhaft an der Rückzüchtung der dortigen Großkatzen in »Original Eifeler Säbelzahntiger«.

Dementsprechend ließen internationale Reaktionen nicht lange auf sich warten: Die DisneyCorporation in Anaheim, Kalifornien, hat bereits ein vollkommen fertiges Konzept in der Schublade: »Welcome to Lava-Land!« – Kassenhäuschen an allen Kreiseingängen, sofortige Reaktivierung des Goldbergs in Ormont mit Hilfe des amerikanischen Sprengstoffspezialisten Red Adair. Dabei werden, so ein Disney-Sprecher, »natürlich sämtliche *villages* in Shutt und Ashes gelegt«.

Die logistische Planung für die Umsiedlung der gesamten Bevölkerung laufe bereits auf Hochtouren. So wurden die Birresborner Eishöhlen als vorläufige Notunterkünfte hergerichtet.

Ein weitverzweigtes Katakombensystem soll dann die fellgewandeten »prehistoric Germans« aufnehmen. Hochdeutsch sprechen wird aus Gründen der Authentizität verboten. Der aufrechte Gang darf nur außerhalb der Öffnungszeiten ausgeübt werden. Die Akademie Vulkaneifel in Steffeln hat bereits Anfängerkurse in Höhlenmalerei im Programm. Mit den Nachbarkreisen Bitburg-Prüm, Ahrweiler, Bernkastel-Wittlich und dem nordrhein-westfälischen Euskirchen steht man bereits in Verhandlungen über ein ausgeklügeltes Park-and-Ride-System, um die zu erwartenden Besuchermassen entsprechend auffangen zu können.

Zu den Eröffnungsfeierlichkeiten haben sich bereits zahlreiche Fossilien aus Politik und Unterhaltung angekündigt, die Festansprache hält Herbert Feuerstein.

Das stille Inferno

Von wegen Herbst-Tristesse:
Ein Lobgesang auf die sympathischste Jahreszeit

Morgen werden die Stühle reingestellt.« Wenn unser Nachbar Josef diesen Satz sagt, wissen wir Bescheid: Es wird Herbst – ganz egal, was der Kalender sagt. Man fröstelt beim abendlichen Zusammensitzen auf dem Hof, es wird früher dunkel, wir verziehen uns nach drinnen und gehen, wie wir immer sagen, »wohnen«.

Der Herbst: Ist es nicht wunderbar, wenn er in der – endlich wieder wirklich frischen – Luft liegt? Können Sie ihn nicht auch schon schnuppernd erahnen? Herrlich! Jedenfalls gehöre ich nicht zu denen, die sich davon ins Jammertal stürzen lassen, die sich vor Stürmen fürchten, den Regen schmähen und die Kühle rügen.

Schon hört man sie wieder heulen – nein, nicht die Herbststürme, sondern die Herbstphobiker, mit ihrer reflexhaft angestimmten Litanei vom düsteren November. Brav und willenlos tappen sie in die Klischee-Falle: Der sei ja so trist und trüb und grau, so totensonntäglich niederdrückend, da bekomme man ja schon vorher Depressionen (das sagen meistens Menschen, die noch nie welche hatten).

Zitieren wir Fritz Eckenga, der selbst einmal in einem Gedicht den November beschimpfte, um heftigen Widerspruch von einer empörten jungen Leserin zu ernten. Sie wies ihn stattdessen auf dessen Vorzüge hin, nicht zuletzt auf ihren eigenen Geburtstag im so angenehm melancholischen Nebelmonat. Eckenga verfasste sofort einen »Widerruf«:

»November, deckst uns zu mit Güssen
Legst die nassen Nebelkissen
Dämpfend auf das Ach und Krach
Hältst Laut und Lärm gekonnt in Schach
Spitzer Ton wird mählich flach
Ruhe senkt sich auf das Dach
Unter dem die klammen Socken
Dampfend überm Ofen trocknen.
Wir lieben Dich für Deine Launen,
für stilles Schweigen, lautes Raunen.
November, bleib' so, wie Du bist
und sei zum Dank dafür geküsst.«

Auch weil ihm solche Gedichte geschrieben werden, ist der Herbst bei mir weit vorn. Ganz abgesehen vom Farben-Inferno im bezaubernd bunten Oktoberwald. Oder davon, dass dann auch das Fernsehprogramm wieder besser wird. Und darüber hinaus gibt es noch einen wesentlichen Vorzug: Der Herbst sorgt für Ruhe.

Lind legt sich Stille allmählich auf die lauten Gassen. Das Geschwätz wird weniger, das Gerenne, das Geschrei der Motoren und Rasenmäher. Das hormongesteuerte Schwimmbad-Imponiergehabe hat ein Ende, die Motorradfahrer melden ihre Kisten ab, sofern sie den Sommer heil überstanden haben.

Der bollernd brüllende Sommer, er trollt sich. Und wenn es ein richtiger Sommer war, hört auch das Gezeter über die »unerträgliche« Hitze und den ausgebliebenen Regen wieder auf. Was nicht viel bedeutet: Plästert es dann doch mal für zwei Tage, ist das auch wieder nicht richtig, und das Meckern geht von vorn los.

Ganz anders der Herbst: »Es schweigt das Leben, es schweigt Gesang«, dichtete Theodor Fontane. Auch die Nase freut sich über Entspannung: Der Gestank von Sonnenöl (Kokosaroma, igitt!) verzieht sich, der Mief von Schweiß und Grillschwaden geht dahin, und auch fürs weitere ästhetische Empfinden hat der Herbst eindeutig die überzeugenderen Argumente: vorbei die Zeit der schrecklichen Vernunft-Sandalen (»damit Luft an die Füße kommt«), der kurzen Hosen, kurzen Socken und der erbärmlichen Kurzarm-Oberhemden für den Herrn. Endlich kann – und muss – man sich wieder vernünftig anziehen.

Kommen wir, das ist ja unvermeidlich, zu Rainer Maria Rilke, der mit seinem »Herbsttag« viel Schlimmes angerichtet hat. Gab er doch notorischen Salon-Melancholikern damit eine böse Steilvorlage:

Herr: Es ist Zeit. Der Sommer war sehr groß
(groß? Quatsch. Laut!)
Leg deinen Schatten auf die Sonnenuhren,
und auf den Fluren laß die Winde los
(aber zügig, damit das ganze Krachpack
sich in seine Buden verzieht!).
Befiehl den letzten Früchten voll zu sein
(und auch den letzten Ballermännern! Und dann ist Sense!)
gieb ihnen noch zwei südlichere Tage,
dränge sie zur Vollendung hin und jage
die letzte Süße in den schweren Wein.
(Und dann jage sie alle zum Teufel!)
Wer jetzt kein Haus hat, baut sich keines mehr.
(Das kann ja sowieso kein Mensch bezahlen.)
Wer jetzt allein ist, wird es lange bleiben
(und hat es meist auch besser nicht verdient),
wird wachen, lesen (immerhin!),
lange Briefe (genau: E-Mails) *schreiben*

und wird in den Alleen hin und her
unruhig wandern, wenn die Blätter treiben.
(Geschieht ihm recht!)

Also: Lassen Sie sich nicht verrückt machen! Freuen Sie sich auf den Herbst, der uns befreit von Verkehrsstaus, von bescheuerten Sommerloch-Nachrichten, von all der Überdrehtheit der vorangegangenen Jahreszeit. Und danken wir Eduard Mörike für diese Zeilen:

»Im Nebel ruhet noch die Welt,
noch träumen Wald und Wiesen.
Bald siehst du, wenn der Schleier fällt,
den blauen Himmel unverstellt,
herbstkräftig die gedämpfte Welt
im warmen Golde fließen.«

Sehen Sie? Wunderschön. Genießen Sie das, bevor dann der Weihnachtsstress losgeht.

(Leicht geänderte Fassung. Erstveröffentlichung im Hochglanzmagazin des Trierischen Volksfreunds, Herbst 2010)

Guten Abend, gute Nacht

Ein Geständnis: Seit Jahren schaue ich mir sonntags nach dem Heute-Journal mehr oder weniger regelmäßig die »Inspector Barnaby«-Episoden im ZDF an. Sanft und mild ruht dann stets mein Blick auf putzigen Häuslein und heimeligen Heckenlandschaften im fiktiven englischen »Midsomer County«.

Sanft und mild ruht wiederum Hauptdarsteller John Nettles' Blick auf Land und Leichen. Und noch ein bisschen milder sänftelt sich seine Synchronstimme in mein Ohr (sie gehört Norbert Langer, Sprecher auch für Tom »Magnum« Selleck und viele andere. Langer könnte mir meine Kontoauszüge vorlesen, ich wäre völlig entspannt).

Dann schrecke ich plötzlich hoch und sehe – Guido Knopp. Hilfe! Ach so, Geschichte, nein, »ZDF History«. Läuft immer nach Barnaby. Und wieder einmal dämmert mir, dass ich nicht mitbekommen habe, wer eigentlich der Mörder war und warum (falls es nicht doch der Knopp war). Weil ich bei Barnaby immer, immer, immer nach spätestens einer Stunde sanft eingeschlummert bin. Liegt's an Norbert Langer? An den Hecken? Doch wohl nicht an mir? Ich will es gar nicht wissen. Ich weiß nur: Von Inspector Barnaby in den Schlaf ermittelt zu werden, ist eine prima Möglichkeit, das Wochenende gelassen schnarchend ausklingen zu lassen.

Diesen Sonntag war es dann zum ersten Mal anders: Ich durfte tatsächlich die Auflösung eines Barnaby-Falls miterleben. Übrigens war das eine Folge aus der dritten Staffel, die schon vor zehn Jahren gedreht wurde.

In England ist bereits die 13. Staffel in Vorbereitung, Nettles hat angekündigt, danach auszusteigen. Wir werden das nicht bemerken: Beim ZDF, wo die Serie seit 2005 ausgestrahlt wird, mischt man ohnehin die Episoden, wie es den Programmplanern gerade in den Sinn kommt. Deshalb wird Nettles hier wahrscheinlich bis ins Jahr 2071 ermitteln. Aber genauso wahrscheinlich ist das auch völlig egal, weil sowieso noch niemand je eine Folge bis zum Ende gesehen hat.

Wie auch immer, erzählen wir schnell, was am Sonntag passierte: Es ging diesmal um drei alte Damen, die in einem Seniorenheim unsanft zu Tode gekommen waren, und Tom Barnabys kluge Tante Alice, ebenfalls dort für zwei Wochen untergebracht, hatte Verdacht geschöpft. Am Ende machten die beiden die Täterin dingfest.

Allerdings erschloss sich mir die Dramatik des Ganzen dann doch nicht so richtig. Die Mörderin jedenfalls war eine mir völlig fremde Person: Ich war nämlich diesmal im Mittelteil mal kurz ... naja. Sagen wir: weggewesen.

Der Druck. Der Druck!

Olympische Spiele in Vancouver, fast rund um die Uhr senden ARD und ZDF von den Wettkampfstätten – und ein besonders alter Bekannter ist wieder dabei: der »Druck« nämlich, mit dem die versammelte Reporterschaft gescheiterten Athleten ihre enttäuschenden (weil vermutlich nicht chemie- oder eigenblutverstärkten) Leistungen erklären will.

Die Skispringer und Biathleten waren die ersten, denen die Herrschaften am Schanzen- und Streckenrand die ewig gleiche Phrasenfrage stellten: »Haben Sie den Druck gespürt?« – »Wie geht man mit dem Druck um?«– »War am Ende nicht doch der Druck zu groß?«– »Haben Sie sich selbst zu sehr unter Druck gesetzt?« – »Der Druck, die Erwartungen, hat Ihnen das vielleicht doch zu sehr zu schaffen gemacht?«

Und die Sportler? Drucksen rum. Viel schlimmer aber: Ich beginne ihn auch zu spüren, den Druck. Er lässt den Schreibfluss vergletschern, Ideen schockgefrieren, nährt die kalte Angst, Kollege X oder Kollegin Y könnte mit einem viel besseren, unerwartet genialen Text nach vorne preschen, mich einfach abhängen und so alt aussehen lassen, wie ich wirklich bin. Gehetzt blicke ich nach links und rechts, die Sorge im Nacken. Dabei hatte ich eine gute Saisonvorbereitung, war auf den Punkt fit, Grammatik und Wortschatz sind belastbar und austrainiert.

Aber bei olympischen Spielen gelten andere Gesetze, und denen muss auch ich mich beugen. Vermutlich ist diese Kolumne deshalb auch nur so mittel geraten, weit entfernt von den Medaillenrängen, eher so Platz elf oder siebzehn oder noch weiter hinten, da, wo man deutsche Alpin-Abfahrer findet. Der Druck! Kaum wage ich einen Witz, habe ich ihn schon wieder rausgestrichen, scheue schreckhaft zurück vor raffinierten Satzbauten oder riskanten Partizipialkonstruktionen. Nein, lieber das Ding ohne Risiko und sturzfrei nach Hause fahren, die Erwartungshaltung der Leser ist einfach zu groß.

Ankommen heißt die Devise. Endlich: Da ist die Ziellinie. Uff, gerade noch geschafft.

Wieso nicht Wiso?

Montagabend, 19.25 Uhr, ZDF: »Wiso«, das Magazin für Wirtschaft und Soziales, beginnt. Ich schalte weg. Weil: »Wiso« macht nervös. Ich bin nämlich leider nicht so vernünftig, wie diese Sendung es von mir verlangt.

»Wiso« vermittelt einem das Gefühl: Du machst alles falsch. Du bist unterversichert, nein, überversichert, hast dich jedenfalls über den Tisch ziehen lassen, haha. Du hast dich nicht um deine Finanzen gekümmert. Die Steuer wird dich kriegen! Deine Ernährung ist eine Katastrophe, du frisst nur Quatsch. Dein Haus ist schlecht gebaut, verkehrt isoliert, die Zinsen sind zu hoch, und überall lauern die Stromfresser und sorgen dafür, dass die Energiekonzerne noch viel mehr Geld scheffeln. Dein Auto ist natürlich auch und sowieso eine Höllenmaschine, wie konntest du dir nur so was andrehen lassen – jawohl: Du. Machst. Alles. Falsch.

Diese Woche habe ich dann aber doch mal tapfer reingeschaut. Und geriet in einen Beitrag über die neueste Perfidie der Nahrungsmittelindustrie, in dem wir über »Transglutaminase« unterrichtet wurden: ein Enzym, mit dem man wabbelige Fleischreste unterschiedlichster Herkunft zusammenkleben kann. Genau: zusammenkleben. Danach sehen sie aus wie aus einem einzigen Tier rausgeschnitten und kommen so in den Handel. Und wir essen das.

Grausig. Und noch grausiger: In der Fernsehbeilage »Prisma« wirbt ausgerechnet am gleichen Tag (prüfen Sie es nach: Montag, Seite 17, rechts neben der Programmübersicht) »das Erfolgs-Duo der Volksmusik Judith (55) und Mel (65)« für »Figurkapseln« und präsentiert sich auf den Begleitfotos in seiner neu gewonnenen schlanken Straffheit. Der Name der

Kapseln endet auf »-zym«.

Da hat sich dann bei mir offenbar etwas überblendet: Ich denke seit Tagen nur noch an singendes Klebefleisch. Deshalb: Nie wieder »Wiso«. Ich bin dafür nicht hart genug.
Wiso läuft montags um 19.25 Uhr im ZDF.

Belgien-Extra:

Manneken Pis

Altbekannt und hochbrisant: die Forderung, bereits in den Grundschulen unserer Grenzheimat die »Dötzchen« die französische Sprache zu lehren. Warum das wichtig ist, durften wir diese Woche höchstpersönlich und in unerwünschter Deutlichkeit erleben.

Da walzt ein dicker Benz aus Belgien breit auf unseren Hof im idyllischen Herzen von Stadtkyll. Vier Gestalten gesetzteren Alters schälen sich ins Freie.

Einer davon schlappt wie selbstverständlich in unseren Garten. Dann öffnet er, von keinerlei *Schenanz* gebremst, ernst-august-mäßig den Hosenstall, um in aller Öffentlichkeit seinem Manneken einen Blick in deutsche Gartenlandschaften zu ermöglichen und hemmungslos in unseren Hang zu harnen. Wie gesagt: Mitten im Dorf und von der Straße aus in voller Pracht zu bestaunen.

Zum Glück ist der Nachwuchs auf Zack, sprintet aus dem Haus und pfeift den Pullermann zusammen: »Wenn Sie hier parken wollen, müssen Sie zuerst fragen. Und außerdem ist das hier keine Toilette!« Worauf der *Bemmes* bräsig irgendwas in seiner Muttersprache zurückranzt. Pech für den *homme de pommes*, die Jugend schwätzt nämlich fließend français.

Das Ganze also noch mal: »Si vous voulez parquer ici, il faut d'abord demander. Et en plus, cela n'est pas une toilette!« (Zum auswendig lernen, falls der Pipi-Mann demnächst in Ihrem Garten auftaucht: »Si wuuh wuhleeh parkeer icih, il fooh dabohr demongdeh. Et ong plüss, cela nä pasühn toalett!«)

Und Voilà: Der wallonische Wasserlasser hat kapiert, zupft seine Struller-Schleuse mittstrahls wieder hoch und macht sich halbverrichteter Dinge, hektisch und hosenbefleckt, vom Acker bzw. Hof.

Incroyable. Aber wahr. Deshalb, im Sinne einer zukünftig noch besseren Völkerverständigung: mehr Französisch! Man braucht es nämlich fürs Leben.*

**Erschienen am 18. August 2000. Damals hatten wir für die Leser an der Oberen Kyll die in loser Folge verfasste Kolumne mit dem schönen Titel »Kyller-Instinkt« erfunden.*

Und weil ich hier über einen Herrn aus dem mir doch eigentlich so sympathischen und oft besuchten Nachbarland schimpfe, schnell noch eine ganz andere, echt erlebte und sehr schöne Episode aus Brüssel – zum versöhnlichen Ausgleich:

Magritte-Museum, Eingangshalle, Warteschlange. An der Wand: ein Foto des belgischen Königs Albert. Wie der denn jetzt nochmal heiße, will eine Dame aus Deutschland (»Ist das der Baudouin?«) vom Herrn an der Kasse wissen. Der blickt ihr mit trappistenbierernster Miene in die Augen und sagt: »Jeff.«

Ein echter Magritte-Moment. Natürlich löst der freundliche Kartenverkäufer das Rätsel einige Sekunden später auf, aber für diese Antwort hätte man ihm doch gern ein hochprozentiges Belgen-Bräu spendiert. Weil sie viel über den Humor des Künstlers, des Kassenmanns und des Belgiers überhaupt erzählt. Und weil sie surrealistisch ist wie Magrittes Gemälde von der Pfeife, die bekanntlich keine ist.

So rätselhaft wie Magrittes Bilder, die man in seinem Museum auf drei Etagen betrachten kann, so rätselhaft ist dieses Land. Dementsprechend weiß auch niemand, wie lange Flamen und Wallonen diesmal brauchen werden, bis sie sich auf eine tragfähige Regierung geeinigt haben. Oder überhaupt auf eine Regierung.

Auch bei Magritte hat es ein wenig gedauert, bis man dem großen, 1967 gestorbenen Surrealisten ein eigenes Museum schenkte: Erst 2009 wurde es auf dem Brüsseler Kunstberg eröffnet und ist eine unbedingte Empfehlung, auch wenn man sich das Erlebnis mit vielen anderen Besuchern teilen muss. Dafür entschädigen die Sammlung und spätestens der letzte Raum mit Magrittes Großwerken: Zwei Fassungen vom »Reich der Lichter« und »Die Domäne von Arnheim« – tausendmal gesehen zwar, aber wenn man dann endlich vor den Originalen steht, geht von ihnen dennoch wieder diese Magritte-typische, anheimelnde Bedrohung aus.

Und wenn wir dann sowieso schon in Belgien sind, dann schnell noch was über Pommes Frites:

Das goldgelbe Erbe »Großfrittaniens«:

Im belgischen Brügge hat das erste Frittenmuseum eröffnet

Man will sich das jetzt lieber nicht so konkret vorstellen – aber es stimmt schon irgendwie: »Die Fritte sitzt tief in uns verankert«, sagt Johnny Vandekerckhove, Betreiber von »John's Frietschop«, einer Pommesbude im ostflämischen Deinze. So tief steckt die Fritte im Belgier, dass sie zumindest in diesen politisch unruhigen Zeiten das letzte verlässliche Element im oft so rätselhaften Nachbarland zu sein scheint. »Frietkots«, Frittenbuden, sind bekanntlich überall zu finden im Königreich. Alberts Untertanen lieben ihre Stäbchen, da kennen sie nichts – ob sie nun in Flandern leben, in der Wallonie oder in den deutschsprachigen Ostkantonen.

Kein Wunder, dass die Pommes längst auch in der belgischen Kunst präsent ist. Zum Beispiel bei Michaël Beauvent und Eric Legrain – über die beiden berichtete ich im Trierischen Volksfreund bereits im Jahr 2005, als sie in der »Wartehalle« im grenznahen Welchenhausen (Eifelkreis Bitburg-Prüm) eine Ausstellung rund um Fritten und Buden präsentierten. Damals veröffentlichten Beauvent und Legrain ein kämpferisches »Manifest«, in dem sie den Stäbchen bescheinigten, deutlich mehr zu sein als nur gebackene Kartoffeln: Nämlich »eine bedeutsame Institution, fast so etwas wie eine Philosophie, auf jeden Fall ein Symbol der Einheit«.

Einheit, jawohl – und zugleich Vielfalt, was Rezepturen und Beilagen betrifft. Und so variantenreich wie die Zubereitung sind auch die Einrichtungen, in denen man die Pommes verputzen kann: Vom Caravan bis zum umgebauten Bus, vom Haus-Anbau bis zum feinen Frittentempel ist nahezu alles dabei. Sollte das Land auch auseinanderfallen: die Bude wird bleiben, und sieht sie auch noch so schrammelig aus.

Und dann natürlich die Soßen: Auch hier herrscht eine beneidenswerte Vielfalt jenseits des deutsch-schlichten »rot-weiß«: Tartare, Andalouse, Américain, Pickles, Samurai und viele weitere exotische Geschmäcker machen das Angebot aus, im Schnitt hält ein Budenbetreiber rund zwölf Varianten bereit, einige noch deutlich mehr.

Vielfalt herrscht auch beim – neben den Fingern – einzigen Besteck, das man benötigt: der Gabel. Sie kann aus Holz sein (für Puristen), aus Plastik, man findet sie als Zweizack, Dreizack, mit und ohne Widerhaken. Höchste Zeit also für ein Frittenmuseum: Mitten im schönen Brügge, das – laut Werbung – erste der Welt, eröffnet in der mittelalterlichen Saaihalle aus dem Jahr 1399. Rund 400 Exponate rund um das belgische Nationalgericht sind dort zu sehen, das Museum versammelt nahezu alles zur Geschichte der goldgelben Genussbringer und ihrer Zubereitung. Die Betreiber des Museums, die Familie van Belle, haben in der Vlamingstraat 33 eine Reihe von Raritäten aus ganz Europa und mehreren Jahrhunderten zusammengetragen: historische Geräte zur Pommesherstellung, Frittenkochtöpfe, Kartoffelschneider, Backöfen und den vollautomatischen »Frittomat«. Filme zeigen die rund 10.000-jährige Geschichte der Kartoffel und ihre Frittenwerdung vom Anbau bis zur korrekten Zubereitung. Und selbstverständlich kann man dort auch die im Schnitt einen Zentimeter dicken Pommes probieren: Im Kellergewölbe findet der hungrig gewordene Gast einen Imbiss. Eine feine, fettige Sache also. Wie sagt der Belgier? Pommes Frites – »das ist viel Glück für wenig Geld«. Als Training für das original belgische Frittenerlebnis empfehlen wir beispielsweise einen Besuch in Hallschlag im Oberen Kylltal: Dort an der Hauptstraße kann man auch auf deutscher Seite belgische Pommes probieren.

Und so haben sie die Pommes erfunden, die Belgier – zumindest, wenn der Historiker Jo Jérard richtig recherchiert hat: Demnach wurden die ersten Pommes bereits gegen Ende des 17. Jahrhunderts im wallonischen Maastal gebacken. Wenn Fluss und Teiche zufroren, gab es für die Menschen in Namur, Andenne oder Dinant nichts zu fangen, also schnitten die Bewohner der Region Kartoffeln in Fischform zurecht und frittierten sie.

Heute verfügt wohl kaum ein Land über so viel Wissen rund um die Fritten und ihre Zubereitung wie Belgien. Allein die Frage nach dem täglich zu wechselnden Fett: Viele »Frituristen« schwören auf Rinderschmalz, andere auf eine Mischung aus Ochsen- und Pferdeschmalz. Auch eine Puristenbewegung hat sich gegründet. Ihr Ziel: die Erhaltung der klassischen, konischen Tüte, des »Puntzak«, anstelle der modernen Papp- oder gar Plastikschälchen. Ihr Name: »Nationale Vereinigung zur Verteidigung des Puntzak (Nationale Vereniging Ter Verdediging Van De Puntzak, N.V.T.V.V.D.P.).

Doppelt schmeckt besser:

Belgische Pommes – so geht's. Für das »Vorfrittieren« erhitzt man das Fett auf 120 bis 140 Grad. Darin lässt man die Pommes etwa vier bis fünf Minuten schwimmen. Der Zweck: die rohe Kartoffel zu kochen. Bei diesem ersten Durchgang verlieren die Fritten einen großen Teil ihrer Feuchtigkeit. Achtung: Bei zu heißem Fett können die »versengten« Kartoffelstäbchen die Feuchtigkeit nicht mehr abgeben.

Wenn die Pommes an der Oberfläche brodeln (sie »singen«, sagt der Experte), nimmt man sie aus dem Fett, lässt sie gründlich abtropfen und mindestens eine halbe Stunde lang auskühlen. Dann stellt man die Fritteuse auf 180 Grad. Die Pommes werden anschließend drei bis vier Minuten lang gebacken, bis sie knusprig sind.

»Nä!!!«

Abenteuer Buchmesse

Frankfurter Buchmesse: Für mich ist das jedes Jahr wie Weihnachten. Weil ich da so gerne zwischen den Ständen hin- und hertänzele, mich mit den oft sagenhaft freundlichen Pressevertretern der Verlage unterhalte, Autoren treffe, Bücher oder CDs zum Rezensieren abstaube – ach, es ist einfach herrlich.

Dieses Jahr, 2011, ist alles anders: Zum ersten Mal bin ich nicht als Reporter und Fan dabei, sondern als, hüstel, »Autor«. Denn zwei Tage vor Beginn der Messe ist doch tatsächlich etwas fertig geworden, von dem ich nie gedacht hätte, dass es das jemals von mir geben würde. Und das ich auch nie vorhatte herzustellen: ein Buch. Mit meinem Namen drauf. Gut, es steht noch ein zweiter Name drauf, und zwar der von Jacques Berndorf – und der auch deutlich größer – aber immerhin.

Das führt zum Beispiel dazu, dass der Herr des Fachorgans »Buchmarkt« am Stand des KBV-Verlags strahlend auf mich zustürmt und sich freut, endlich »den Erfinder des Provinzkrimis« kennenzulernen. Dabei habe ich noch nie einen geschrieben (und der gute Jacques Berndorf hat ihn auch nicht erfunden, den Provinzkrimi) – aber gut, Presse ist Presse. Der nette, aber leicht unaufgeräumt wirkende Herr von Buchmarkt trägt übrigens zwei Pelzohren auf dem Kopf. Das Missverständnis versuche ich deshalb mit dem Satz »Ich glaube, Sie haben was mit den Ohren« aufzufangen, aber da hüpft er auch schon weiter, nachdem er noch schnell ein Foto vom Stand gemacht hat. In seiner Messekolumne zitiert er später Verleger Ralf Kramp mit den Worten, Berndorf habe »die Provinz gen*kackt*«. Wie gesagt: unaufgeräumt. Aber nett.

Krass, ganz krass, was Messebesucher so anstellen. Liegt an einem Stand – bei uns sind es messerförmige Lesezeichen und krimischwarze Kugelschreiber – irgendetwas herum, löst es bei manchen einen Reflex aus: Reinrennen, abgreifen, weg. Eine Frau hockt sich hin und schiebt mit dem Unterarm sämtliche Auslagen in ihre Tasche. Ein anderer scharwenzelt herein und macht sich, ohne zu fragen, an unserer Kaffeemaschine zu schaffen. Simone Meyer, die zusammen mit Ulrike Bücking und Sabine Steffens tapfer und charmant alles erträgt, was sich manche Besucher so erlauben, tritt hinter den Herrn und fragt, ob sie ihm vielleicht helfen könne. Der deutet lässig auf die Kaffeemaschine und antwortet: »Nö. Läuft doch!«

Mit meiner neuen Identität als, hüstel, »Autor« habe ich mich noch nicht angefreundet – und fürchte, dass das auch so bleibt. Eine ganz besondere Sorte von Messebesuchern hat damit weniger Probleme: Die Autogrammjäger. Während ich mit einer lieben Buchhändlerin aus Neuruppin spreche, die dort oben eine kleine Berndorfgemeinde aufgebaut hat, ranzt mich eine ältere Dame von der Seite an: Ich soll ihr gefälligst eine Unterschrift geben. »Mit Widmung!« Ich? Ich bin doch gar kein richtiger Autor! Und mich kennt auch keine Sau!

Die Dame kennt mich garantiert auch nicht, sie wird auch nie mein Buch lesen, aber das ist egal: Sie hat mich, dank des Hinweisschildchens draußen am Stand, als Autor identifiziert – also muss ich unterschreiben. Dazu schlägt sie eine Seite in ihrem Album auf und hält mir einen Zettel mit ihrem Namen vor die Nase. Damit ich den richtig schreibe. »Und dann mache ich noch ein Foto von Ihnen!« Schnell unterschreiben, denke ich besorgt, frage nach dem Datum, lasse mich ablichten, und die Dame rauscht davon, um den nächsten Autor zu erschrecken.

Schon schnauzt mich wieder einer an: »Ich bin der 75-jährige Horst, und heute ist der 15. 10. 2011!!!« Ich sage schon gar nichts mehr, sondern schreibe, zutiefst verängstigt, einfach drauflos: »Für Horst, der auch mit 75 noch Bücher liest.« Obwohl ich das gar nicht glaube. Horst liest wahrscheinlich nur Autogramme. Die Leute vom Verlag schwören übrigens, dass die wahrscheinlich ebenfalls 75-jährige Horst-Hose eine gelbliche Tönung im Äquatorialbereich aufgewiesen habe. Ich versuche mit aller Gewalt, das zu ignorieren.

Ein Ehepaar spaziert herein, offenbar Berndorf-Fans. Verleger Ralf Kramp stellt mich den beiden als Verfasser des Buchs über den Autor vor. Der Mann, Kaufbereitschaft andeutend, fragt seine Frau ganz lieb: »Willst du's haben?« Antwort: »Nä!!!«

Mit solchen Erfahrungen bin ich zum Glück nicht allein: Der zutiefst sympathische Schriftsteller und Drehbuchautor Mario Giordano berichtet mir, er habe bei der Präsentation seines digitalen Mystery-Thrillers am Messestand von Bastei-Lübbe einen Besucher sagen hören: »So'n Quatsch. Braucht kein Schwein.«

Aber es gibt, uff, auch andere Erlebnisse. Menschen, die tatsächlich bereit sind, mein Buch zu kaufen – da geht einem die Widmung schon deutlich flüssiger und herzlicher von der Hand. Leser, die meine Kolumne im Volksfreund kennen und mich darauf ansprechen – und denen ich erfreut erzähle, dass es davon auch ein Buch geben wird (nämlich genau das, in dem jetzt dieser Text hier steht, und zwar extra dafür geschrieben). Autoren wie David Daniel, der gerade einen feinen Krimi am Start hat. Wir schenken uns gegenseitig unsere Bücher, und am Tag nach der Messe schickt er mir bereits eine wunderschöne Rückmeldung, wie sehr ihm mein kleines Werk gefalle.

Hinauf ins Obergeschoss von Halle 3, dort treffe ich die sagenhaft freundliche Tanja Warter vom Verlag C.H. Beck. Und während wir miteinander reden, kommt der wundervolle – und wundervoll freundliche – Schriftsteller Hans Pleschinski dazu, dessen ersten Roman »Nach Ägyppten« (ja, mit zwei »p«) ich vor vielen Jahren begeistert las. »Ah, ein Kenner«, adelt mich der Autor. Apropos Adel: Bei Beck hat er gerade ein neues Buch veröffentlicht, »Nie war es herrlicher zu leben«, die Tagebücher des französischen Herzogs von Croÿ aus dem 18. Jahrhundert. Pleschinski hat sie übersetzt und herausgegeben. Urteil: Nie war es herrlicher zu lesen. »Da ist auch eine lange Passage über Trier drin«, sagt der Schriftsteller. Dort reiste der Herzog nämlich auch hin – und weiter nach Luxemburg. »Dann beginnen Lothringen und die Staaten des Königs«, heißt es in einer Aufzeichnung des Herzogs. »Das ist ganz leicht zu bemerken, denn man lässt all die miserablen Straßen Deutschlands hinter sich ...«

Das lassen wir kommentarlos stehen und hinter uns. Denn Robert Zimmer ruft an, der in Trier aufgewachsene Philosoph, der voriges Jahr die großartige Schopenhauer-Biografie (bei dtv) veröffentlichte und in Stadkyll, meinem Heimatort, eine Ferienhütte hat. Jetzt ist er bei meinem Verlag eingetroffen und will mich sehen. Aber gern! Ich rase runter auf Ebene 0 und nehme am Stand von Kein & Aber gleich Harry Rowohlt mit, um die beiden einander vorzustellen. Während wir da so stehen und parlieren, rennt Kritiker Denis Scheck vorbei, begrüßt Harry und hechtet, sich entschuldigend, schon wieder weiter. Ich rufe ihm hinterher: »Herr Scheck, kann ich sie später noch sprechen?« Klar, könne ich.

Weil: Denis Scheck hat ja mal einen Berndorf-Krimi in seiner Sendung »druckfrisch« verrissen. Und eigentlich hatte ich ihn für mein Buch noch befragen wollen, was aber nicht mehr rechtzeitig geklappt hat. Jetzt verständigen wir uns darauf, das Gespräch trotzdem zu führen. Und dann verschafft mir Denis Scheck mein erfreulichstes Buchmessenerlebnis: »Aber ich kenn Sie doch!« Und eröffnet mir, dass Freund Harry mich auf seiner neuen CD (»Rumba, Rumba, Rumba ist modern«, Kein & Aber) rühmend erwähnt. Was Harry mir gar nicht erzählt hat. Als ich dann im Auto zusammen mit der Liebsten höre, was er auf der CD sagt, möchte ich weinen vor Glück und Dankbarkeit. Und darüber, dass seine Frau Ulla unbedingt mein Buch haben will. »Mit Widmung!«, befiehlt Ulla.

Soll man da widersprechen? *Nä!!!*

KBV-EDITION EYFALIA

Manfred Lang
PLATT ÖSS PRIMA
Taschenbuch, 144 Seiten
ISBN 978-3-940077-47-9
9,20 EURO

In mundgerechten Happen wird das Platt der nördlichen Eifel lecker und bekömmlich serviert. Hier werden Alltagsbegriffe, Schimpfwörter, Namen und Umgangsformen kurzweilig und amüsant erklärt, man lernt die Eifeler Grammatik und nebenbei die Mentalität der Eifeler und die Eigenarten der Provinzbewohner kennen.

Egal, ob das Vokabular eher deutschstämmig daherkommt oder aus dem Französischen stammt: Manfred Lang erklärt es geistreich und witzig, so dass mit den Sprachkenntnissen auch die Bildung beständig zunimmt. Und am Ende ist auch der geneigte Leser wie der Autor Experte in Eifeler Sprache, Mentalität und Geschichte.

Der Fotograf Theo Broere hat die originellen Verzällche und Essays mit ausdrucksstarken Fotografien der Menschen aus der Region bereichert. So kommt zum Lesevergnügen die Anschauung echter Eifeler Typen. Ein Buch zum Lernen und Lachen, zum Gucken und Gackern.

»Ein erfrischendes Nachschlagewerk.«
(Trierischer Volksfreund)